Meiner Frau,
Christine Henriette,
geb. Engehausen

Ich war an einem schönen Maientag,
Ein halber Knabe noch, in einem Garten
Und fand auf einem Tisch ein altes Buch.
Ich schlug es auf, und wie der Höllenzwang,
Der, einmal angefangen, wär es auch
Von einem Kindermund, nach Teufelsrecht,
Trotz Furcht und Graun, geendigt werden muß,
So hielt dies Buch mich fest. Ich nahm es weg
Und schlich mich in die heimlichste der Lauben
Und las das Lied von Siegfried und Kriemhild.
Mir war, als säß ich selbst am Zauberborn,
Von dem es spricht: die grauen Nixen gossen
Mir alle ird'schen Schauer durch das Herz,
Indes die jungen Vögel über mir
Sich lebenstrunken in den Zweigen wiegten
Und sangen von der Herrlichkeit der Welt.
Erst spät am Abend trug ich starr und stumm
Das Buch zurück, und viele Jahre flohn
An mir vorüber, eh ich's wieder sah.
Doch unvergeßlich blieben die Gestalten
Mir eingeprägt, und unauslöschlich war
Der stille Wunsch, sie einmal nachzubilden,
Und wär's auch nur in Wasser oder Sand.
Auch griff ich oft mit halb beherztem Finger,
Wenn etwas andres mir gelungen schien,
Nach meinem Stift, doch nimmer fing ich an.
Da trat ich einmal in den Musentempel,
Wo sich die bleichen Dichterschatten röten,
Wie des Odysseus Schar, von fremdem Blut.
Ein Flüstern ging durchs Haus, und heil'ges
Schweigen

Entstand sogleich, wie sich der Vorhang hob,
Denn Du erschienst als Rächerin Kriemhild.
Es war kein Sohn Apolls, der Dir die Worte
Geliehen hatte, dennoch trafen sie,
Als wären's Pfeile aus dem goldnen Köcher,
Der hell erklang, als Typhon blutend fiel.
Ein lauter Jubel scholl durch alle Räume,
Wie Du, die fürchterlichste Qual im Herzen
Und grause Schwüre auf den blassen Lippen,
Dich schmücktest für die zweite Hochzeitsnacht;
Das letzte Eis zerschmolz in jeder Seele
Und schoß als glühnde Träne durch die Augen,
Ich aber schwieg und danke Dir erst heut.
Denn diesen Abend ward mein Jugendtraum
Lebendig, alle Nibelungen traten
An mich heran, als wär ihr Grab gesprengt,
Und Hagen Tronje sprach das erste Wort.
Drum nimm es hin, das Bild, das Du beseelt,
Denn Dir gehört's, und wenn es dauern kann,
So sei's allein zu Deinem Ruhm und lege
Ein Zeugnis ab von Dir und Deiner Kunst!

Erste Abteilung

# Der gehörnte Siegfried

Vorspiel in einem Akt

PERSONEN

König Gunther
Hagen Tronje
Dankwart, *dessen Bruder*
Volker, *der Spielmann*
Giselher } *Brüder des Königs*
Gerenot }
Rumolt, *der Küchenmeister*
Siegfried
Ute, *die Witwe König Dankrats*
Kriemhild, *ihre Tochter*
Recken, Volk

*Burgund, Worms am Rhein. König Gunthers Burg. Große Halle. Früher Morgen. Gunther, Giselher, Gerenot, Dankwart, der Spielmann Volker und andere Recken sind versammelt.*

## ERSTE SZENE

*Hagen von Tronje tritt ein.*

Hagen. Nun, keine Jagd?
Gunther. Es ist ja heil'ger Tag!
Hagen. Daß den Kaplan der Satan selber hole,
Von dem er schwatzt.
Gunther. Ei, Hagen, mäß'ge dich.
Hagen. Was gibt's denn heut? Geboren ist er längst!
Das war – laßt sehn! – Ja, ja, zur Zeit der Flocken!
Sein Fest verdarb uns eine Bärenhatz.
Giselher. Wen meint der Ohm?
Hagen. Gekreuzigt ist er auch,
Gestorben und begraben. – Oder nicht?
Gerenot. Er spricht vom Heiland.
Hagen. Ist's denn noch nicht aus? –
Wer hält mit mir? Ich eß kein Fleisch zur Nacht,
Das nicht bis Mittag in der Haut noch steckt,
Auch trink ich keinen Wein, als aus dem Horn,
Das ich dem Auerstier erst nehmen muß!
Gunther. So wirst du Fische kauen müssen, Freund,
Am Ostermorgen gehn wir nicht zur Jagd.
Hagen. Was tun wir denn? Wo ist der heil'ge Mann?
Was ist erlaubt? Ich hör die Vögel pfeifen,
Da darf der Mensch sich doch wohl fiedeln lassen?
*(Zu Volker.)* So fiedle, bis die letzte Saite reißt!
Volker. Ich fiedle nicht, solang die Sonne scheint,
Die lust'ge Arbeit spar ich für die Nacht.
Hagen. Ja, du bezögst auch dann noch dir die Geige
Gern mit des Feindes Darm und strichest sie
Mit einem seiner Knochen.
Volker. Würdest du
Vielleicht auf die Bedingung Musikant?

Hagen. Ich kenne dich, mein Volker. Ist's nicht so?
Du redest nur, wenn du nicht fiedeln darfst,
Und fiedelst nur, wenn du nicht schlagen kannst.
Volker. Mag sein, Kumpan.
Gunther. Erzähl uns was, der Tag
Wird sonst zu lang. Du weißt so mancherlei
Von starken Recken und von stolzen Fraun.
Hagen. Nur von Lebend'gen, wenn es dir beliebt,
Daß man sich sagen darf: die krieg ich noch,
Den vor mein Schwert und die in meinen Arm.
Volker. Ich will dir von Lebendigen erzählen,
Und der Gedanke soll dir doch vergehn.
Ich kenn den Recken, den du nimmer forderst,
Und auch das Weib, um das du nimmer wirbst.
Hagen. Wie! Auch das Weib? Den Recken laß ich gelten,
Doch auch das Weib? Du meinst den Schlangentöter,
Den Balmungschwinger, den gehörnten Siegfried,
Der, als er einmal Schweiß vergossen hatte,
Durchs Bad sich deckte vor dem zweiten Mal –
Allein das Weib?
Volker. Ich sag dir nichts von ihr!
Du könntest ausziehn, um sie heimzuführen,
Und kämst gewiß nicht mit der Braut nach Haus.
Der Schlangentöter selbst wird sich besinnen,
Ob er als Freier bei Brunhilden klopft.
Hagen. Nun, was Herr Siegfried wagt, das wag ich auch.
Nur gegen ihn erheb ich nicht die Klinge:
Das wär ja auch, wie gegen Erz und Stein.
Glaubt's oder zweifelt, wie es Euch gefällt:
Ich hätt' mich nicht im Schlangenblut gebadet,
Darf denn noch fechten, wer nicht fallen kann?
Giselher *(zu Volker)*.
Schon hört ich tausend Zungen von ihm plappern,
Doch, wie die Vögel durcheinander zwitschern,
Es gab kein Lied. Sprich du einmal von ihm!
Gunther. Vom Weibe erst. Was ist das für ein Weib?
Volker. Im tiefen Norden, wo die Nacht nicht endet,
Und wo das Licht, bei dem man Bernstein fischt
Und Robben schlägt, nicht von der Sonne kommt,
Nein, von der Feuerkugel aus dem Sumpf –
*(Man hört in der Ferne blasen.)*

Hagen. Trompeten!
Gunther. Nun?
Volker. Dort wuchs ein Fürstenkind
Von wunderbarer Schönheit auf, so einzig,
Als hätte die Natur von Anbeginn
Haushälterisch auf sie gespart und jeder
Den höchsten Reiz des Weibes vorenthalten,
Um ihr den vollen Zauber zu verleihn.
Du weißt von Runen, die geheimnisvoll
Bei dunkler Nacht von unbekannten Händen
In manche Bäume eingegraben sind:
Wer sie erblickt, der kann nicht wieder fort,
Er sinnt und sinnt, was sie bedeuten sollen,
Und sinnt's nicht aus, das Schwert entgleitet ihm,
Sein Haar wird grau, er stirbt und sinnt noch immer:
Solch eine Rune steht ihr im Gesicht!
Gunther. Wie, Volker? Dieses Weib ist auf der Welt,
Und ich vernehm's erst jetzt?
Volker. Vernimm noch mehr!
So ist's. Bei Eis und Schnee, zur Augenweide
Von Hai und Walfisch, unter einem Himmel,
Der sie nicht einmal recht beleuchten kann,
Wenn nicht ein Berg aus unterird'schen Schlünden
Zuweilen seine roten Blitze schickt,
Ist aller Jungfraun herrlichste erblüht.
Doch ist das öde Land, das sie gebar,
Auf seinen einz'gen Schatz auch eifersüchtig
Und hütet sie mit solcher neid'schen Angst,
Als würd es in demselben Augenblick
Vom Meere, das es rings umbraust, verschlungen,
Wo sie dem Mann ins Brautbett folgt. Sie wohnt
In einer Flammenburg, den Weg zu ihr
Bewacht das tückische Geschlecht der Zwerge,
Der rasch umklammernd quetschend Würgenden,
Die hören auf den wilden Alberich,
Und überdies ist sie begabt mit Kräften,
Vor denen selbst ein Held zuschanden wird.
Gunther. Wie das?
Volker. Wer um sie wirbt, der wirbt zugleich
Um seinen Tod, denn führt er sie nicht heim,
So kehrt er gar nicht wieder heim, und ist

Es schon so schwer, nur zu ihr zu gelangen,
So ist es noch viel schwerer, ihr zu stehn.
Bald kommt auf jedes Glied an ihrem Leibe
Ein Freier, den die kalte Erde deckt,
Denn mancher schon zog kühn zu ihr hinab,
Doch nicht ein einziger kam noch zurück!

Gunther. Nun, das beweist, sie ist für mich bestimmt!
Hei! Meine lange Brautwahl hat ein Ende,
Brunhilde wird die Königin Burgunds!
*(Man hört die Trompeten ganz nahe.)*
Was gibt's?

Hagen *(tritt ans Fenster).*
Das ist der Held aus Niederland.

Gunther. Du kennst ihn?

Hagen. Schau nur hin! Wer zöge wohl
So trotzig bei uns ein, wenn er's nicht wäre,
Und hätte doch nur zwölfe im Gefolg!

Gunther *(tritt gleichfalls ans Fenster).*
Ich glaub es selbst! Doch sprich, was führt ihn her?

Hagen.
Ich weiß nicht, was ihn reizt! Er kommt wohl nicht,
Um sich vor dir zu bücken, und er hat
Zu Haus doch alles, was man wünschen kann.

Giselher. Ein edler Degen!

Gunther. Wie empfängt man ihn?

Hagen. Du dankst ihm, rat ich, wie er dich begrüßt.

Giselher. Ich gehe ihm entgegen!

Gerenot. So auch ich!

Hagen. Wer's tut, der wird sich nicht erniedrigen!
Denn, daß er's euch nicht selbst zu melden braucht:
Er steckt nicht bloß in seiner Haut von Horn
Und hat die Balmung-Klinge an der Seite,
Er ist auch Herr des Nibelungenhorts
Und trägt die Nebelkappe Alberichs,
Und alles das, ich muß es redlich sagen,
Durch seine Kraft und nichts durch Hinterlist,
Drum geh ich mit.

Gunther. Wir kommen schon zu spät.

ZWEITE SZENE

Siegfried *(tritt mit seinen zwölf Recken ein).*
Ich grüß dich, König Gunther von Burgund! –
Du staunst, daß du den Siegfried bei dir siehst?
Er kommt, mit dir zu kämpfen um dein Reich!

Gunther.
Hier kämpft man nicht um das, was man schon hat!

Siegfried.
Um das denn, was dran fehlt! Ich hab ein Reich,
So groß, wie deins, und wenn du mich besiegst,
So bist du Herr darin. Was willst du mehr?
Du greifst noch nicht zu deinem Schwert? Ich hörte
Ja doch, daß hier die Tapfersten der Recken
Versammelt seien, kühn genug, mit Thor
Zu kämpfen um den Donner, wenn sie ihn
In irgendeinem Eichenhaine träfen,
Und stolz genug, die Beute zu verschmähn.
Ist das nicht wahr? Wie? Oder zweifelst du
An meinem Pfande, glaubst du, daß ich's dir
Nicht geben kann, weil noch mein Vater lebt?
Herr Sigmund steigt von seinem Thron herunter,
Sobald ich wiederkehre, und er wünscht
Sich sehnlich diesen Augenblick herbei,
Denn selbst der Zepter wird dem Greis zu schwer.
Und jeden Helden, der dir dienen mag,
Wäg ich dir auf mit dreien, jedes Dorf
Mit einer Stadt, und für ein Stück vom Rhein
Biet ich den ganzen dir! So komm und zieh!

Dankwart. Wer spricht mit einem König so?

Siegfried. Ein König!
Spricht doch ein Degen so mit einem Degen!
Wer kann und mag besitzen, wenn er nicht
Bewiesen hat, daß er mit Recht besitzt?
Und wer erstickt das Murren um sich her,
Bevor er den Gewaltigsten, der lebt,
Zu Boden warf, und ihn mit Füßen trat?
Bist du das nicht? So sag mir, wen du fürchtest,
Und gleich zur Stunde zieh ich wieder ab
Und fordre den, statt deiner, vor mein Schwert!
Du nennst ihn nicht und greifst auch nicht zur Wehr?
Ich brenne, mich zu messen mit dem Recken,

Der mir mein Gut verdoppelt oder nimmt:
Wär dies Gefühl dir fremd? Das glaub ich nicht,
Wenn ich auch nur auf deine Diener blicke:
So stolze Männer würden dir nicht folgen,
Empfändest du nicht ganz so, wie ich selbst.
Dankwart. Du bist gewiß aufs Kämpfen so versessen,
Seit du des Lindwurms Schuppenpanzer trägst?
Nicht jedermann betrog den Tod, wie du,
Er findet eine offne Tür bei uns.
Siegfried. Wohl auch bei mir! Hab Dank, du alte Linde,
Daß du ein Blatt auf mich herunterwarfst,
Als ich mich badete im Blut des Drachen,
Hab Dank, o Wind, daß du sie schütteltest!
Nun hab ich doch die Antwort für den Spötter,
Der seine Feigheit hinter Hohn versteckt.
Hagen. Herr Siegfried, Hagen Tronje nennt man mich,
Und dieser ist mein Bruder!
Volker *(macht einen Geigenstrich).*
Siegfried. Hagen Tronje,
Ich grüße dich! Doch wenn dich das verdreußt,
Was ich hier sprach, so brauchst du's nur zu sagen,
Ich setze gern den Königssohn beiseite
Und stehe dir, als wärst du Gunther selbst.
Gunther. Kein Wort mehr, Hagen, eh dein König sprach.
Siegfried.
Und wenn du fürchtest, daß dein gutes Schwert
An meiner harten Haut zerspringen könnte,
So biete ich's dir anders, komm herab
Mit in den Hof, dort liegt ein Felsenblock,
Der ganz so schwer für mich ist, wie für dich:
Wir werfen und erproben so die Kraft.
Gunther. Du bist willkommen, Held aus Niederland,
Und was dir hier gefällt, du magst dir's nehmen,
Nur trink mit uns, eh du's von dannen trägst.
Siegfried.
Sprichst du so mild mit mir? Da könnt ich bitten:
Schick mich sogleich zurück zu meinem Vater,
Er ist der einz'ge, der mich zücht'gen darf.
Doch, laß mich's, wie die kleinen Kinder machen,
Die auch nicht gleich von ihrer Unart lassen:
Kommt, werft mit mir, so trinke ich mit Euch!

Gunther. So sei's, Herr Siegfried.
Siegfried *(zu Dankwart).* Und was Euch betrifft,
Nicht wahr, ich kniff Euch in den dritten Arm,
Es tat nicht weh, ich weiß, Ihr habt ihn nicht!
*(Zu allen.)* Als ich hier einritt, packte mich ein Grauen,
Wie ich's noch nicht empfand, solang ich lebe,
Mich fröstelte, als würd's auf einmal Winter,
Und meine Mutter kam mir in den Sinn,
Die nie zu weinen pflegte, wenn ich zog,
Und diesmal weinte, als ob alles Wasser
Der Welt den Weg durch ihre Augen nahm.
Das machte mir den Kopf so wirr und kraus,
Ich wollte gar vom Pferde nicht herunter –
Jetzt bringt Ihr mich so bald nicht mehr hinauf.
*(Alle ab.)*

## DRITTE SZENE

*Ute und Kriemhild treten auf.*

Ute. Der Falk ist dein Gemahl!
Kriemhild. Nicht weiter, Mutter,
Wenn du den Traum nicht anders deuten kannst.
Ich hörte stets, daß Liebe kurze Lust
Und langes Leid zu bringen pflegt, ich seh's
Ja auch an dir und werde nimmer lieben,
O nimmer, nimmer!
Ute. Kind, was sagst du da?
Wohl bringt die Liebe uns zuletzt auch Leid,
Denn eines muß ja vor dem andern sterben,
Und wie das schmerzt, das magst du sehn an mir.
Doch all die bittren Tränen, die ich weine,
Sind durch den ersten Kuß vorausbezahlt,
Den ich von deinem Vater einst empfing.
Auch hat er, eh er schied, für Trost gesorgt,
Denn wenn ich stolz auf tapfre Söhne bin,
Und wenn ich dich jetzt an den Busen drücke,
So kann's doch nur geschehn, weil ich geliebt.
Drum laß dich nicht durch einen Reim erschrecken:
Ich hatte lange Lust und kurzes Leid.
Kriemhild. Viel besser, nie besitzen, als verlieren!
Ute. Und was verlierst du nicht auf dieser Welt!

Sogar dich selbst. Bleibst du denn, was du bist?
Schau mich nur an! So sehr du lächeln magst:
Ich war vordem, wie du, und glaube mir,
Du wirst dereinst, wie ich. Was willst du halten,
Wenn du dich selbst nicht einmal halten kannst?
Drum nimm's, wie's kommt, und greife, wie wir alle,
Nach dem, was dir gefällt, obgleich der Tod
Es dir zu Staub zerbläst, sobald er will:
Die Hand, mit der du's packst, zerstäubt ja auch.

Kriemhild *(tritt zum Fenster)*.
Wie mir's ums Herz ist, Mutter, könnt ich schwören –
*(Sie schaut hinaus und bricht ab.)*

Ute. Was brichst du ab? Du wirst ja feuerrot?
Was hat dich so verwirrt?

Kriemhild *(tritt zurück)*. Seit wann ist's Brauch
An unserm Hof, daß wir's nicht mehr erfahren,
Wenn fremde Gäste eingezogen sind?
Wird diese stolze Burg zu Worms am Rhein
Der Schäferhütte gleich, in der sich jeder
Bei Nacht und Tag verkriechen kann, der will?

Ute. Warum so hitzig?

Kriemhild. Ei, ich wollte eben
Im Hofe nach den jungen Bären schaun,
Die so possierlich durcheinanderkugeln,
Und wie ich ohne Arg den Laden öffne,
Da stiert mir plump ein Recke ins Gesicht.

Ute. Und dieser Recke machte dir's unmöglich,
Den Schwur zu endigen, den du begannst?
*(Sie tritt gleichfalls zum Fenster.)*
Ei freilich, wer ihn sieht, wie er da steht,
Der überlegt sich's, ob er weiter schwört.

Kriemhild. Was kümmern mich die Gäste meines Bruders,
Wenn ich nur weiß, wie ich sie meiden kann.

Ute. Nun, diesmal freut's mich, daß dir bloß der Zorn
Die Wangen färbt, denn dieser junge Held,
Der zwischen dich und deine Bären trat,
Ist längst vermählt und hat schon einen Sohn.

Kriemhild.
Du kennst ihn?

Ute. Ganz gewiß!

Kriemhild. Wie heißt er denn?

Ute. Ich weiß es nicht! Jetzt aber kenn ich dich,
Du bist ja bleich geworden, wie der Tod! –
Und wahrlich, wenn du diesen Falken fängst,
So hast du nichts vom Adler zu besorgen,
Er nimmt's mit jedem auf, ich bürge dir!
Kriemhild. Dir hab ich meinen letzten Traum erzählt!
Ute. Nicht so, Kriemhild! Ich spotte deiner nicht.
Wir sehen oft im Traum den Finger Gottes,
Und wenn wir noch im Wachen ängstlich zittern,
Wie du es tust, so sahn wir ihn gewiß.
Nur sollen wir den Wink auch recht verstehn,
Den er uns gibt, und nicht in unsrer Furcht
Unmögliches geloben. Hüte du
Den Falken, der dir zugeflogen kommt,
Damit kein tück'scher Adler ihn zerreißt,
Doch denke nicht daran, ihn zu verscheuchen,
Du scheuchst mit ihm die Lust des Lebens fort.
Denn über eines edlen Recken Liebe
Geht nichts auf dieser Welt, wenn du es gleich
Noch unter deinem Mädchenkranz nicht fühlst,
Und wär dir auch kein Besserer beschert,
Als dieser da, ich wies ihn nicht zurück.
*(Sie schaut aus dem Fenster.)*
Kriemhild.
Er wirbt wohl nicht, so brauch ich's nicht zu tun.
Ute *(lacht)*. Ei, so weit spring ich noch, so alt ich bin.
Kriemhild. Was gibt's da drunten, Mutter, daß du lachst?
Ute. Sie werfen in die Wette, wie es scheint,
Und Giselher, dein Bruder, warf zuerst.
Nun, nun, er ist der Jüngste. Aber schau;
Jetzt kommt der fremde Recke. Ach, mein Sohn,
Wo wirst du bleiben? Sieh, nun tritt er an,
Nun holt er aus, nun – Ha, der Stein wird fliegen,
Als würde er zum Vogel – Komm doch her
Und stell dich hinter mich, du siehst es nicht
Zum zweitenmal, es gilt das Äußerste,
Er will's mit einem Wurf zu Ende bringen!
Jetzt – Hab ich Augen oder hab ich keine?
Nicht weiter?
Kriemhild *(nähert sich)*.
Hast du ihn zu früh gelobt?

Ute. Das ist ja nur ein Schuh!
Kriemhild (*tritt hinter Ute*).
Noch immer mehr,
Als wär es nur ein Zoll.
Ute. Um einen Schuh
Dies Kind zu überwerfen –
Kriemhild. Ist nicht viel!
Besonders, wenn man sich dabei noch spreizt.
Ute. Und wie er keucht!
Kriemhild. Für einen solchen Riesen
Possierlich g'nug! Wär ich's, verdient ich Mitleid,
Denn für ein Mädchen wär es schon ein Stück.
Ute. Nun macht sich unser Gerenot ans Werk.
Es steht ihm gut, nicht wahr? Er hat von allen
Die meiste Ähnlichkeit mit seinem Vater,
Nur mutig zu, mein Sohn! – Das ist ein Wurf!
Kriemhild. Der Bär sogar ist überrascht, er hat
Sich's nicht erwartet und wird plötzlich flink.
Ute. Zieh du auf Abenteuer, wann du willst! –
Doch Giselher bleibt hier.
Kriemhild. Wie geht's denn fort? –
Nein, mache mir nicht Platz, ich seh's schon so.
Ute. Jetzt kommt der Recke wieder! Doch er strengt
Sich nicht mehr an, er scheint sich im voraus
Des Sieges zu begeben. Wie man sich
Doch irren kann! – Was tut er aber da?
Er dreht sich um – er kehrt dem Ziel den Rücken,
Anstatt der Augen zu – er wirft den Stein
Hoch über Kopf und Achsel weg – Ja wohl,
Man kann sich irren! Gerenot ist auch
Besiegt, wie Giselher.
Kriemhild. Es macht zwar wieder
Nur einen Schuh! Doch diesmal keucht er nicht.
Ute. Es sind doch gute Kinder, die ich habe.
Treuherzig reicht ihm Gerenot die Hand,
Ein andrer würde nach der Klinge greifen,
Denn solch ein Übermut ist gar nicht fein.
Kriemhild.
Man sieht's ja wohl, daß er's nicht übel meint.
Ute. Herr Volker legt die Geige still beiseite,
Die er so höhnisch strich!

Kriemhild. Der eine Schuh
Stört ihn in seiner Lust. Die Reihe wäre
Am Marschall jetzt, wenn's langsam, wie bei Treppen,
Hinauf gehn soll, doch König Gunther drängt
Herrn Dankwart ungestüm zurück, er will
Sich selbst versuchen.
Ute. Und er tut's mit Glück.
Zweimal so weit, als Gerenot.
Kriemhild. Und dennoch
Nicht weit genug. Du siehst, der Recke folgte
Sogleich, und wieder fehlt der eine Schuh.
Ute. Der König lacht. Ei nun, so lach ich auch! –
Ich sah's ja längst, daß dies der Falke ist,
An dem dein Traum sich nicht erfüllen kann;
Doch hat er jetzt die volle Kraft gebraucht.
Kriemhild. Nun tritt der Tronjer an.
Ute. Dem schwärt's im Herzen,
So fröhlich er auch tut! – Er packt den Stein,
Als wollt er ihn zermalmen. Wie der fliegt!
Bis an die Wand! Nun, weiter kann er nicht.
Das ist ein Wurf, den keiner übertrifft,
Selbst für den einen Schuh ist nicht mehr Platz.
Kriemhild.
Der Recke holt sich doch den Stein noch wieder.
Ute. Wozu nur? – Großer Gott, was gibt es jetzt?
Bricht über unserm Haupt die Burg zusammen?
Das dröhnt!
Kriemhild. Bis in den Turm hinauf. Die Dohlen
Und Fledermäuse fahren aus den Nestern –
Ute. Sie fliegen blind ins Licht hinein!
Kriemhild. Die Wand
Hat einen Riß.
Ute. Unmöglich.
Kriemhild. Warte nur,
Bis sich der Staub verzieht. Groß, wie ein Fenster!
Da ging der Wurf hindurch.
Ute. Jetzt seh ich's auch.
Kriemhild. Der Stein flog in den Rhein.
Ute. Wer sollt es glauben!
Und doch ist's wahr, das Wasser selbst bezeugt's,
Es spritzt ja himmelhoch empor.

Kriemhild. Das ist
Noch etwas über einen Schuh.
Ute. Dafür
Wischt er sich endlich auch einmal die Stirn.
Gott Lob! Sonst käm der Tronjer um vor Wut!
Kriemhild. Nun ist es aus. Sie schütteln sich die Hände;
Dankwart und Volker kamen um ihr Recht.
Ute. Komm, wir vergessen, es ist Messezeit.
*(Beide ab.)*

## VIERTE SZENE

*Die Recken treten wieder ein.*

Gunther. Ihr seid ein Schalk, Herr Siegfried.
Siegfried. Nehmt Ihr's krumm?
Giselher. Vergebt mir nur, daß ich's sogar gewagt,
Mich Euch zu stellen. Doch ich will zur Strafe
Mit meiner alten Mutter Ute ringen,
Und wenn ich sie besiege, sollt Ihr mich
Vor allem Volk bei schallenden Trompeten
Mit Eichenlaub bekränzen, wenn Ihr wollt!
Siegfried.
Nichts mehr davon! Der Wurf war nicht so schlecht,
Euch fehlen nur zehn Jahre.
Hagen. War das letzte
Denn endlich Euer Bestes?
Siegfried. Kann man das
Im Spiele zeigen?
Gunther. Noch einmal willkommen!
Und glücklich pries ich mich, wenn's mir gelänge,
Dich anders, als für flüchtigen Besuch
An mich zu fesseln. Doch, was hätte ich,
Das ich dir bieten könnte. Wär es auch
Mein rechter Arm – mit dem ich mir den Dienst
Von deinem linken gern erkaufen möchte –
Du sagtest nein und kämst wohl auch zu kurz!
Siegfried. Nimm dich in acht, ich bettle, eh du's denkst!
Gunther. Was es auch sei, es ist voraus gewährt.
Siegfried. Hab Dank für dieses Wort! Ich werde dir
Es nie vergessen, doch ich gebe dir's
Sogleich zurück, denn meine Wünsche sind

Vermeßner, als du ahnst. Ich war bescheiden,
Als ich dein Reich bloß forderte.
Gunther. Du wirst
Mich nicht erschrecken.
Siegfried. Hörtest du vielleicht
Von meinen Schätzen? Nun, das ist gewiß,
Für Gold und Silber brauchst du nicht zu zittern,
Ich hab so viel davon, daß ich es lieber
Verschenkte, als zu Hause schleppte, doch
Was hilft's mir? Was ich dafür kaufen möchte,
Ist nimmer feil!
Gunther. Das ist?
Siegfried. Du rätst es nicht? –
Ein anderes Gesicht, als dieses hier!
Gunther. Hast du die Kraft des alten schon erprobt?
Siegfried. An meiner Mutter, ja! Und da mit Glück,
Denn ihr gefällt's!
Gunther. Nicht sonst noch?
Siegfried. Allerdings!
Hast du's denn nicht bemerkt? Ein Mägdlein sah
Vorhin auf uns herunter in den Hof,
Und als sie, ihre goldnen Locken schüttelnd,
Die, wie ein Vorhang, ihr die Augen deckten,
Mich unter euch erblickte, fuhr sie rascher
Zurück, wie ich, als sich im Reich der Zwerge
Die Erde, die mein Fuß betrat, auf einmal
Zu einem Angesicht zusammenzog,
Das mir die Zähne zeigte!
Gunther. Bloße Scheu!
Versuch's nur immer weiter. Wenn's dir aber
Am Werber fehlt: ich leiste dir den Dienst,
Nur mußt du mir den gleichen auch erweisen,
Denn Kriemhild, meine Schwester, darf nicht ziehn,
Bevor hier Brunhild ihren Einzug hielt.
Siegfried. Welch einen Namen nennst du da, o König?
Die nord'sche Jungfrau denkst du heimzuführen,
Der flüss'ges Eisen in den Adern kocht?
Oh, gib es auf!
Gunther. Warum? Ist sie's nicht wert?
Siegfried.
Nicht wert! Ihr Ruhm durchfliegt die Welt! Doch keiner

Kann sie im Kampf bestehen, bis auf einen,
Und dieser eine wählt sie nimmermehr.

Gunther. So sollte ich aus Furcht vor ihr nicht werben?
Welch eine Schmach! Viel lieber gleich den Tod
Von ihrer Hand, als tausend Jahre Leben
In dieser Ohnmacht schimpflichem Gefühl.

Siegfried.
Du weißt nicht, was du sprichst. Ist's Schmach für dich,
Daß dich das Feuer brennt, und daß das Wasser
Dich in die Tiefe zieht? Nun, sie ist ganz,
Wie's Element, und einen Mann nur gibt's,
Der sie bewält'gen und, wie's ihm gefällt,
Behalten oder auch verschenken kann!
Doch möchtest du sie wohl von einem nehmen,
Der nicht ihr Vater, noch ihr Bruder ist?

Gunther. Erst werd ich sehen, was ich selbst vermag!

Siegfried.
Es glückt dir nicht, es kann dir gar nicht glücken,
Sie wirft dich in den Staub! Und glaube nicht,
Daß Milde wohnt in ihrer ehrnen Brust,
Und daß sie etwa, wenn sie dich erblickt,
Es gar zu einem Kampf nicht kommen läßt!
Das kennt sie nicht, sie streitet um ihr Magdtum,
Als wär ihr Leben selbst daran geknüpft,
Und wie der Blitz, der keine Augen hat,
Oder der See, der keinen Schrei vernimmt,
Vertilgt sie ohne Mitleid jeden Recken,
Der ihr den Jungfraun-Gürtel lösen will.
Drum gib sie auf und denk nicht mehr an sie,
Wenn du sie nicht aus eines andern Händen,
Wenn du sie nicht von mir empfangen magst!

Gunther. Und warum sollt ich nicht?

Siegfried. Das frag dich selbst!
Ich bin bereit mit dir hinabzuziehn,
Wenn du die Schwester mir als Lohn versprichst,
Denn einzig ihrethalben kam ich her,
Und hättest du dein Reich an mich verloren,
Du hättst es dir zurückgekauft mit ihr.

Hagen. Wie denkst du's denn zu machen?

Siegfried. Schwere Proben
Sind zu bestehn! Sie wirft den Stein, wie ich,

Und springt ihm nach, so weit er fliegt, sie schleudert
Die Lanze und durchbohrt auf hundert Schritte
Ein siebenfaches Erz, und so noch mehr.
Allein, was tut's, wir teilen uns ins Werk,
Mein sei die Arbeit, die Gebärde sein!
Hagen. Er soll den Anlauf nehmen, du willst werfen
Und springen?
Siegfried. Ja! so mein ich's! Und dabei
Ihn selbst noch tragen!
Hagen. Torheit! Wie ist's möglich,
Sie so zu täuschen?
Siegfried. Durch die Nebelkappe,
Die mich schon einmal ihrem Blick entzog!
Hagen. Du warst schon dort?
Siegfried. Ich war's! Doch warb ich nicht,
Auch sah ich nur, ich wurde nicht gesehn! –
Ihr staunt und schaut mich voll Verwundrung an?
Ich merk es wohl, ich muß den Kuckuck machen,
Eh ihr mir trauen könnt, doch denke ich,
Wir sparen's für die Fahrt, denn die ist lang,
Auch kann ich, wenn ich von mir selbst erzähle,
Dabei ins Wasser sehn!
Gunther. Nein, sprich uns gleich
Von Isenland und deinen Abenteuern!
Wir hören's gern und waren schon dabei,
Es selbst zu tun.
Siegfried. Auch das! Mich trieb die Lust
Am Kampf so weit hinunter, und ich traf
Dort gleich den ersten Tag bei einer Höhle
Zwei junge Recken, die sich grimmig stritten.
Es waren Brüder, König Niblungs Söhne,
Die ihren Vater kaum begraben hatten –
Erschlagen auch, wie ich nachher vernahm –
Und schon ums Erbe zankten. Ganze Haufen
Von Edelsteinen lagen aufgetürmt
Um sie herum, dazwischen alte Kronen,
Seltsam gewundne Hörner und vor allem
Der Balmung, aus der Höhle aber blitzte
Das rote Gold hervor. Als ich erschien,
Verlangten sie mit wildem Ungestüm,
Daß ich den Schatz als Fremder teilen sollte,

Und gern gewährt ich's, um den Mord zu hindern,
Mit dem sie sich bedrohten, doch umsonst.
Denn, als ich fertig war, fand jeder sich
Verkürzt, und tobte, und ich warf die Hälften
Auf ihr Begehren wieder durcheinander
Und teilte abermals. Da wurden sie
Noch zorniger und drangen, während ich
Gebückt auf meinen Knien lag und still
Auf einen Ausgleich sann, in toller Wut
Mit rasch gezognen Degen auf mich ein.
Ich, um der Rasenden mich zu erwehren,
Griff zu dem Balmung neben mir, weil ich
Die eigne Klinge nicht mehr ziehen konnte,
Und eh ich's dachte, hatten alle beide,
Wie Eber, welche blind aufs Eisen laufen,
Sich selbst gespießt, obgleich ich liegen blieb
Und ihrer schonte, und so ward ich Erbe
Des ganzen Hortes.

Hagen. Blutig und doch redlich!

Siegfried.
Nun wollt ich in die Höhle gehn! Wie staunt ich,
Als ich den Eingang nicht mehr fand. Ein Wall,
So schien's, war plötzlich aus dem Schoß der Erde
Hervorgestiegen, und ich stach hinein,
Um mir den Weg zu bahnen. Doch, da kam
Statt Wassers Blut, es zuckte, und ich glaubte,
Ein Wurm sei in dem Wall versteckt. Ich irrte,
Der ganze Wall war nur ein einz'ger Wurm,
Der, tausend Jahre in der Felskluft schlafend,
Mit Gras und Moos bewachsen war, und eher
Dem zack'gen Rücken einer Hügelkette,
Als einem Tiere glich, das Odem hat.

Hagen. Das war der Drache!

Siegfried. Ja, ich schlug ihn tot,
Indem ich ihn bestieg, eh er sich bäumte,
Und ihm von hinten her, den Nacken reitend,
Das blaue Haupt zerschmetterte. Es war
Vielleicht das schwerste Stück, das ich vollbrachte,
Und ohne Balmung wär's mir nicht geglückt.
Dann hieb ich mich durch seinen Riesenleib,
Durch all das Fleisch und die gewalt'gen Knochen,

Wie durch ein felsigtes Gebirg, allmählich
Bis an die Höhle durch. Doch hatte ich
Sie kaum betreten, als ich mich umklammert
Von starken Armen fühlte, die mein Auge
Nicht sah, und die mir dennoch fast die Rippen
Zusammendrückten, ganz, als ob die Luft
Es selber täte! Es war Alberich,
Der wilde Zwerg, und niemals war ich wohl
Dem Tod so nah, als in dem grausen Kampf
Mit diesem Ungetüm. Doch endlich wurde
Er sichtbar, und nun war's um ihn geschehn.
Denn, ohne es zu wissen, hatt' ich ihm,
Derweil ich mit ihm rang, die Nebelkappe
Vom Kopf gerissen, und mit seiner Hülle
Verlor er auch die Kraft und stürzte hin.
Nun wollt ich ihn zertreten, wie ein Tier,
Da löste er, schon unter meinen Fersen
Mit seinem Hals, sich rasch durch ein Geheimnis,
Das ich nicht ahnte, er entdeckte mir
Den Zauber, der im Blut des Drachen steckte,
Solange es noch rauchte, und ich ließ
Ihn eilig frei und nahm mein rotes Bad.

G u n t h e r. So hast du dir an einem einz'gen Tage
Den Balmung und den Hort, die Nebelkappe
Und deine Haut von Horn erkämpft?

S i e g f r i e d. So ist's!
Ja, auch die Vögelsprache! Als ein Tropfe
Des Zauberbluts mir auf die Lippen sprang,
Verstand ich gleich das Zwitschern über mir,
Und hätt' ich nicht zu rasch ihn abgewischt,
So würd ich auch, was hüpft und springt, verstehn.
Denkt euch: auf einmal flüstert es im Baum,
Denn eine alte Linde deckte alles,
Dann kichert's, lacht und höhnt, so daß ich Menschen
Zu hören glaube, die, im Laub versteckt,
Mein Tun verspotten. Wie ich um mich schaue,
Erblick ich nichts, als Vögel, Krähen, Dohlen
Und Eulen, die sich streiten. Brunhild wird
Genannt, auch ich. Ein Knäuel dunkler Reden
Hinüber und herüber. Eins nur klar,
Daß noch ein Abenteuer meiner harrt.

Die Lust erwacht. Die Dohle fliegt voran,
Die Eule folgt. Bald sperrt ein Flammensee
Den Weg und eine Burg, wie glühendes
Metall in bläulich-grünem Schimmer leuchtend,
Taucht drüben auf. Ich halte an. Da ruft
Die Dohle: Zieh den Balmung aus der Scheide
Und schwing ihn dreimal um das Haupt! Ich tu's,
Und schneller, wie ein Licht, erlischt der See.
Nun wird's lebendig in der Burg, Gestalten
Erscheinen auf der Zinne, Schleier flattern,
Und eine stolze Jungfrau späht herab.
Da kreischt die Eule auf: Das ist die Braut!
Nun mit der Nebelkappe fort! Ich hatte
Sie bloß zur Probe aufgesetzt und wußte
Nicht einmal, daß ich sie noch trug. Doch jetzt
Hielt ich sie mit den Händen fest, weil ich
Die kecken Vögel darnach haschen sah.
Denn Brunhild rührte, wie sie droben stand,
In aller ihrer Schönheit nicht mein Herz,
Und wer da fühlt, daß er nicht werben kann,
Der grüßt auch nicht.
Volker. Das ist ein edles Wort.
Siegfried. So schied ich ungesehn und kenne doch
Die Burg und ihr Geheimnis, wie den Weg.
Gunther. So führ mich, Held!
Volker. Nein, König, bleib daheim,
Es endet schlecht.
Siegfried. Du meinst, ich kann nicht halten,
Was ich versprach?
Volker. O doch, ich meine nur,
Daß falsche Künste sich für uns nicht ziemen!
Gunther. Mit andern geht's ja nicht.
Volker. So stehst du ab.
Gerenot. Das rat ich auch.
Hagen. Ei nun! Warum?
Gunther. Mir scheint's
So wenig schimpflich, als ins Schiff zu steigen,
Wenn man das fremde Ufer nicht durch Schwimmen
Erreichen kann, und statt der Faust den Degen
Zu brauchen.
Siegfried. Nimm es so, und schlage ein!

Gunther. Wohlan! Für Brunhild gebe ich dir Kriemhild,
Und unsre Hochzeit feiern wir zugleich!

Hagen *(legt den Finger auf den Mund, sieht Siegfried an und schlägt ans Schwert).*

Siegfried.
Bin ich ein Weib? In Ewigkeit kein Wort!
Ich stelle mich, wenn ihr zum Kampfe eilt,
Als hätt' ich was an unsrem Schiff zu richten
Und geh zum Strand hinunter, daß sie's sieht,
Doch in der Nebelkappe kehr ich wieder
Und kneif dich in den Arm und steh dir bei!

*(Alle ab.)*

Zweite Abteilung

# Siegfrieds Tod

## Ein Trauerspiel in fünf Akten

PERSONEN

König Gunther
Hagen Tronje
Dankwart
Volker
Giselher
Gerenot
Wulf, Truchs – *Recken*
Rumolt
Siegfried
Ute
Kriemhild
Brunhild, *Königin von Isenland*
Frigga, *ihre Amme*
Ein Kaplan
Ein Kämmerer
Recken, Volk, Mägde, Zwerge

## ERSTER AKT

*Isenland, Brunhilds Burg. Früher Morgen.*

### ERSTE SZENE

*Brunhild und Frigga kommen von entgegengesetzten Seiten.*

B r u n h i l d. Woher so früh? Dir trieft das Haar von Tau,
Und dein Gewand ist blutbesprengt.
F r i g g a. Ich habe
Den alten Göttern, eh der Mond zerbrach,
Ein Opfer dargebracht.
B r u n h i l d. Den alten Göttern!
Jetzt herrscht das Kreuz, und Thor und Odin sitzen
Als Teufel in der Hölle.
F r i g g a. Fürchtest du
Sie darum weniger? Sie können uns
Noch immer fluchen, wenn auch nicht mehr segnen,
Und willig schlacht ich ihnen ihren Bock.
Oh, tätest du es auch! Du hättest Grund,
Wie keine zweite.
B r u n h i l d. Ich?
F r i g g a. Ein andermal!
Längst sollt ich dir erzählen. Heute ist
Die Stunde endlich da.
B r u n h i l d. Ich glaubte schon,
Sie werde erst mit deinem Tode kommen,
Drum drängt ich dich nicht mehr.
F r i g g a. So merke auf!
Urplötzlich trat aus unserm Feuerberg
Ein Greis hervor, und reichte mir ein Kind,
Samt einer Runentafel.
B r u n h i l d. In der Nacht?
F r i g g a. Wie weißt du's?
B r u n h i l d. Manches hast du schon im Schlaf
Verraten, denn du sprichst, wenn dir der Mond
Ins Antlitz scheint.
F r i g g a. Und du behorchst mich? – Wohl! –

Um Mitternacht! Wir wachten bei der Leiche
Der Königin. Sein Haar war weiß, wie Schnee,
Und länger, als ich's je bei einem Weibe
Gesehen habe, wie ein weiter Mantel
Umwallt' es ihn, und hinten schleppt' es nach.

B r u n h i l d. Der Geist des Bergs!

F r i g g a. Ich weiß es nicht. Er sprach
Kein einz'ges Wort. Das Mägdlein aber streckte
Die Händchen nach der goldnen Krone aus,
Die auf dem Haupt der Toten funkelte,
Und, wunderbar, sie paßte.

B r u n h i l d. Wie! Dem Kinde?

F r i g g a. Dem Kinde! Ja! Sie war ihm nicht zu weit
Und ward ihm später nie zu eng!

B r u n h i l d. Wie meine!

F r i g g a. Wie deine, ja! Und wunderbarer noch:
Das Mägdlein war dem Kinde, das der Toten
Im Arme lag, und das sogleich verschwand,
Als wär es nie gewesen, an Gestalt
So ähnlich, ja so gleich, daß es sich nur
Durchs Atmen unterschied von ihm, es schien,
Als hätte die Natur denselben Leib
Für einen Zweck zweimal geschaffen und
Das Blut bloß umgegossen.

B r u n h i l d. Hatte denn
Die Königin ein Kind im Arm?

F r i g g a. Sie war
An der Geburt gestorben und mit ihr
Zugleich die Frucht.

B r u n h i l d. Das sagtest du noch nicht.

F r i g g a. So hab ich's nur vergessen. Sicher brach
Ihr Herz aus Gram, daß sie es dem Gemahl
Nicht zeigen konnte. Viele Jahre hatte
Er sich umsonst dies holde Glück gewünscht,
Und einen Monat früher, als es kam,
Ereilte ihn ein jäher Tod.

B r u n h i l d. Nur weiter!

F r i g g a. Wir sahn uns nach dem Greise um. Er war
Verschwunden, und der Berg, der, mittendurch
Gespalten, wie ein Apfel, durch das Fenster
Uns angegähnt, ging langsam wieder zu.

B r u n h i l d. Und kam der Greis nicht wieder?
F r i g g a. Höre nur!
Wir ließen unsre Frau am nächsten Morgen
Zur Gruft bestatten, und der Priester wollte
Zugleich das Mägdlein taufen. Doch sein Arm
Ward lahm, bevor er mit dem heil'gen Naß
Die Stirn ihr netzen konnte, und er hat
Ihn niemals mehr gehoben.
B r u n h i l d. Niemals mehr!
F r i g g a. Nun, er war alt, und wir erschraken nicht,
Wir riefen einen andern. Dem gelang's,
Sie zu besprengen, doch er wurde stumm,
Als er sie segnen wollte, und ihm kehrte
Die Sprache niemals mehr zurück.
B r u n h i l d. Der dritte?
F r i g g a. Der fand sich lange nicht! Wir mußten einen
Aus weiter Ferne rufen, der von allem
Nichts wußte. Der vollbrachte dann das Werk,
Doch als er kaum zu Ende war, so fiel
Er um, und niemals stand er wieder auf!
B r u n h i l d. Das Mägdlein aber?
F r i g g a. Wuchs und wurde stark,
Und seine kind'schen Spiele dienten uns
Als Zeichen unsres Lassens oder Tuns
Und trogen nie, wie's uns die Runentafel
Voraus verkündigt hatte.
B r u n h i l d. Frigga! Frigga!
F r i g g a. Ja! Ja! Du bist es selbst! Erkennst du's endlich?
Nicht in der Kammer, wo die Toten stäuben,
Im Hekla, wo die alten Götter hausen,
Und unter Nornen und Valkyrien
Such dir die Mutter, wenn du eine hast! –
Oh, hätte nie ein Tropfen heil'gen Wassers
Die Stirne dir benetzt! Dann wüßten wir
Wohl mehr!
B r u n h i l d. Was murmelst du?
F r i g g a. Wie ging es zu.
Daß wir uns diesen Morgen, statt im Bett,
Unausgekleidet auf den Stühlen fanden,
Die Zähne klappernd und die Lippen blau?
B r u n h i l d. Wir müssen plötzlich eingeschlafen sein.

Frigga. Ist das uns schon begegnet?
Brunhild. Nie zuvor.
Frigga. Nun denn! Der Greis war hier und wollte reden!
Mir ist sogar, als hätt' ich ihn gesehn,
Wie er dich rüttelte und mich bedrohte,
Dir aber ward durch einen dicken Schlaf
Das Ohr verstopft, weil du nicht hören solltest,
Was dir beschieden ist, wenn du beharrst,
Drum bring ein Opfer dar und mach dich frei.
Oh, hätte ich dem Priester nicht gehorcht,
Als er mich drängte! Doch ich hatte noch
Die Tafel nicht entziffert. Tu es, Kind,
Denn die Gefahr ist nah.
Brunhild. Gefahr?
Frigga. Gefahr!
Du weißt, der Flammensee ist längst erloschen,
Der deine Burg umgab.
Brunhild. Und dennoch blieb
Der Recke mit der Balmungklinge aus,
Der hoch zu Rosse ihn durchreiten sollte,
Nachdem er Fafners blut'gen Hort erstritt.
Frigga. Ich las wohl falsch. Doch dieses zweite Zeichen
Kann mich nicht täuschen, denn ich weiß es lange,
Daß deiner in der Stunde der Entscheidung
Die Offenbarung harrt. So opfre, Kind!
Vielleicht stehn alle Götter unsichtbar
Um dich herum und werden dir erscheinen,
Sobald der erste Tropfen Blutes rinnt.
Brunhild. Ich fürchte nichts.
*(Man hört Trompeten.)*
Frigga. Trompeten!
Brunhild. Hörst du sie
Zum erstenmal?
Frigga. Zum erstenmal mit Angst.
Die Zeit des Distelköpfens ist vorüber,
Und ehrne Häupter steigen vor dir auf.
Brunhild. Heran! Heran! Damit ich dieser zeige,
Daß ich noch immer siegen kann! Als hier
Der See noch flammte, eilt ich euch entgegen,
Und freundlich, wie ein Hund vor seinem Herrn
Beiseite springt, entwich das treue Feuer

Vor mir und teilte sich nach links und rechts:
Jetzt ist die Straße frei, doch nicht der Gruß.
*(Sie besteigt währenddem ihren Thron.)*
Nun stoßt die Pforten auf und laßt sie ein!
Wer auch erscheinen mag: sein Kopf ist mein!

ZWEITE SZENE

*Es geschieht; Siegfried, Gunther, Hagen und Volker treten ein.*

Brunhild. Wer ist's, der heute sterben will?
*(Zu Siegfried.)* Bist du's?
Siegfried.
Ich will nicht sterben, und ich will nicht werben,
Auch tust du mir zu viel der Ehre an,
Mich vor dem König Gunther zu begrüßen,
Ich bin hier nur sein Führer.
Brunhild *(wendet sich gegen Gunther)*. Also du?
Und weißt du, was es gilt?
Gunther. Wohl weiß ich das!
Siegfried.
Der Ruf von deiner Schönheit drang gar weit,
Doch weiter noch der Ruf von deiner Strenge,
Und wer dir immer auch ins Auge schaut,
Er wird es nicht im höchsten Rausch vergessen,
Daß dir der dunkle Tod zur Seite steht.
Brunhild. So ist's! Wer hier nicht siegt, der stirbt sogleich,
Und seine Diener mit. Du lächelst drob?
Sei nicht zu stolz! Trittst du auch vor mich hin,
Als könntest du den vollsten Becher Weins
Dir unverschüttet überm Haupte halten
Und mich dabei betrachten, wie ein Bild:
Ich schwöre dir's, du fällst so gut, wie er.
*(Zu Gunther.)* Dir aber rat ich, wenn du hören kannst:
Laß dir von meinen Mägden doch die Recken
Erst nennen, die von meiner Hand schon fielen,
Vielleicht ist mancher drunter, der sich einst
Mit dir gemessen hat, vielleicht gar einer,
Der dich besiegt zu seinen Füßen sah!
Hagen. Der König Gunther ward noch nie besiegt.

Siegfried.
Hoch ragt sein Schloß zu Worms am Rhein empor,
Reich ist sein Land an Zierden aller Art,
Doch höher ragt er selbst noch vor den Recken,
Und reicher auch an Ehren ist sein Haupt.
Hagen. Die Hand her, Niederland! Das war ein Wort!
Volker. Und wär's dir denn so schwer, dies öde Land
Und seine wüste Meereseinsamkeit
Freiwillig zu verlassen und dem König
Aus Höll und Nacht zu folgen in die Welt?
Es ist ja gar kein Land, das noch zur Erde
Gehört, es ist ein preisgegebnes Riff,
Das die Lebend'gen längst entsetzt verließen,
Und wenn du's liebst, so kannst du es nur lieben,
Weil du als letzte drauf geboren bist!
Dies Stürmen in den Lüften, dies Getose
Der Wellen, dies Gekeuch des Feuerbergs,
Vor allem aber dieses rote Licht,
Das von der Himmelswölbung niederrieselt,
Als strömt' es ab von einem Opfertisch,
Ist fürchterlich und paßt nur für den Teufel:
Man trinkt ja Blut, indem man Atem holt!
Brunhild. Was weißt denn du von meiner Einsamkeit?
Noch hab ich nichts aus eurer Welt vermißt,
Und käme das dereinst, so holt ich's mir,
Verlaßt euch drauf, und braucht es nicht geschenkt!
Siegfried.
Sagt' ich's euch nicht voraus? Zum Kampf! Zum Kampf!
Du mußt sie mit Gewalt von hinnen führen!
Ist es nur erst geschehn, so dankt sie's dir.
Brunhild.
Meinst du? Du kannst dich täuschen. Wißt ihr denn,
Was ich euch opfern soll? Ihr wißt es nicht,
Und keiner hat's gewußt. Vernehmt's zuvor,
Und fragt euch, wie ich es verteid'gen werde!
Wohl steht die Zeit hier still, wir kennen nicht
Den Frühling, nicht den Sommer, noch den Herbst,
Das Jahr verändert niemals sein Gesicht,
Und wir sind unveränderlich mit ihm.
Doch, wenn auch nichts von allem hier gedeiht,
Was euch entgegen wächst im Strahl der Sonne,

So reift dafür in unsrer Nacht, was ihr
Mitnichten säen oder pflanzen könnt.
Noch freu ich mich des Kampfs, noch jauchze ich,
Den übermüt'gen Feind zu überwinden,
Der mir die Freiheit rauben will, noch ist
Die Jugend, ist das schwellende Gefühl
Des Lebens mir genug, und eh mich dieses
Verlassen kann, hat mich das Schicksal schon,
Mit Wundergaben unsichtbar mich segnend,
Zu seiner Hohenpriesterin geweiht.

F r i g g a. Wie wird ihr? War's genug an meinem Opfer?

B r u n h i l d. Die Erde wird sich plötzlich vor mir öffnen
Und mir enthüllen, was sie birgt im Kern,
Die Sterne droben werd ich klingen hören
Und ihre himmlische Musik verstehn,
Und noch ein drittes Glück wird mir zuteil,
Ein drittes, das sich gar nicht fassen läßt!

F r i g g a. Du bist's, Odin! Du hast ihr Aug entsiegelt,
Weil dir zur Nacht ihr Ohr verschlossen war,
Nun sieht sie selbst, was ihr die Norne spinnt!

B r u n h i l d *(hoch aufgerichtet mit starren Augen).*
Einst kommt der Morgen, wo ich, statt den Bären
Zu jagen, oder auch die eingefrorne
Seeschlange zu erlösen aus der Haft,
Damit sie den Planeten nicht zerpeitsche,
Die Burg schon früh verlasse. Mutig tummle
Ich meinen Rappen, fröhlich trägt er mich,
Auf einmal halt ich ein. Der Boden vor mir
Hat sich in Luft verwandelt! Schaudernd reiß ich
Das Roß herum. Auch hinter mir. Er ist
Durchsichtig. Farb'ge Wolken unter mir,
Wie über mir. Die Mägde plaudern fort.
Ich rufe: Seid ihr blind, daß ihr nichts seht?
Wir schweben ja im Abgrund! Sie erstaunen,
Sie schütteln ihre Häupter still, sie drängen
Sich dicht um mich herum. Doch Frigga flüstert:
Kam deine Stunde auch? Da merk ich's erst!
Der Erdball wurde zum Kristall für mich,
Und was Gewölk mir schien, war das Geflecht
Der Gold- und Silberadern, die ihn leuchtend
Durchkreuzen bis zum Grund.

Frigga. Triumph! Triumph!

Brunhild.
Ein Abend folgt. Nicht gleich. Vielleicht erst spät.
Wir sitzen hier beisammen. Plötzlich fallen
Die Mägde um, wie tot, das letzte Wort
Zerbricht in ihrem Mund, mich aber treibt's
Zum Turm hinauf, denn über mir erklingt's,
Und jeder Stern hat seinen eignen Ton.
Erst ist es bloß Musik für mich, doch wenn
Der Morgen graut, so murml' ich, wie im Schlaf:
Der König stirbt vor Nacht noch, und sein Sohn
Kann nicht geboren werden, er erstickt
Im Mutterleib! Ich höre erst von andern,
Daß ich's gesagt, und ahne selber nicht,
Woher ich's weiß. Bald aber wird's mir klar,
Und bald verbreitet sich's von Pol zu Pol.
Dann ziehn sie noch, wie jetzt, zu mir heran,
Doch nicht mit Schwertern, um mit mir zu kämpfen,
Nein, demutvoll, mit abgelegten Kronen,
Um meine Träume zu behorchen und
Mein Stammeln auszudeuten, denn mein Auge
Durchdringt die Zukunft, und in Händen halt ich
Den Schlüssel zu den Schätzen dieser Welt.
So thron ich schicksallos, doch schicksalkundig,
Hoch über allen und vergesse ganz,
Daß mir noch mehr verheißen ist. Es rollen
Jahrhunderte dahin, Jahrtausende,
Ich spür es nicht! Doch endlich frag ich mich:
Wo bleibt der Tod? Da geben meine Locken
Mir Antwort durch den Spiegel, sie sind schwarz
Und ungebleicht geblieben, und ich rufe:
Dies ist das Dritte, daß der Tod nicht kommt!
*(Sie sinkt zurück, die Mägde fangen sie auf.)*

Frigga.
Was zag ich noch? Und wär's der Balmungschwinger:
Jetzt hätte sie den Schild auch gegen ihn!
Er fällt, wenn sie ihn liebt und doch bekämpft,
Und sie wird kämpfen, nun sie dieses weiß.

Brunhild *(richtet sich hoch wieder auf)*.
Ich sprach! Was war's?

Frigga. Nimm deinen Bogen, Kind,

Dein Pfeil wird heute fliegen, wie noch nie,
Das andere nachher!
Brunhild *(zu den Recken).* So kommt!
Siegfried *(zu Brunhild).* Du schwörst,
Uns gleich zu folgen, wenn du unterliegst?
Brunhild *(lacht).* Ich schwör's!
Siegfried. So macht! Ich richt indes das Schiff!
Brunhild *(zu Frigga im Abgehen).*
Du gehst in den Trophäensaal und schlägst
Dort einen neuen Nagel ein!
*(Zu den Recken.)* Wohlan!

*(Alle ab.)*

## ZWEITER AKT

*Worms. Schloßhof.*

### ERSTE SZENE

*Rumolt und Giselher einander begegnend.*

Giselher.
Nun, Rumolt, soll ein Baum noch stehen bleiben?
Du führst ja wochenlang schon Wälder ein
Und rüstest dich so grimmig auf die Hochzeit,
Als kämen Mensch und Zwerg und Alf zugleich.
Rumolt. Ich mache mich darauf gefaßt, und fänd ich
Den Kessel irgendwo nicht recht gefüllt,
So steckt ich flugs den säum'gen Koch hinein
Und rührte mit dem Küchenjungen um.
Giselher. So bist du denn des Ausgangs schon gewiß?
Rumolt. Ich bin's, weil Siegfried wirbt. Wer unterwegs
Zwei Königssöhne fängt und uns sie schickt,
Als ob es aufgescheuchte Hasen wären,
Der nimmt's wohl auch mit Teufelsweibern auf.
Giselher. Da hast du recht. Wir haben gute Pfänder
An diesem Lüdegast und Lüdeger!
Mit einem Heer gedachten sie zu kommen,
Wie nie Burgund ein gleiches noch gesehn,
Und als Gefangne stellten sie sich ein,

Die nicht einmal des Hüters mehr bedurften:
Koch zu, Gesell, an Gästen fehlt's dir nicht!
*(Gerenot kommt.)*
Da ist der Jäger!
Gerenot. Aber nicht mit Wild!
Ich war auf unsrem Turm und sah den Rhein
Mit Schiffen, wie bedeckt.
Rumolt. Das ist die Braut!
Da laß ich gleich zur Stunde alles schlagen,
Was brummt und brüllt und blökt und grunzt im Hof,
Damit sie's in der Ferne schon vernimmt,
Wie sie empfangen werden soll!
*(Es wird geblasen.)*
Gerenot. Zu spät!

ZWEITE SZENE

Siegfried *(tritt mit Gefolge auf).*
Da bin ich wieder!
Giselher. Ohne meinen Bruder?
Siegfried. Sei ruhig! Als sein Bote steh ich hier! –
Doch nicht, um *dir* die Meldung auszurichten!
Sie geht an deine Mutter, und ich hoffe,
Daß ich auch deine Schwester sehen darf.
Giselher. Das sollst du, Degen, denn wir schulden dir
Den Dank noch für die beiden Dänenprinzen.
Siegfried. Ich wollte jetzt, ich hätt' sie nicht geschickt.
Giselher. Warum? Du konntest uns nicht besser zeigen,
Was wir an deinem Arm gewonnen haben,
Denn wahrlich, schlechte Männer waren's nicht.
Siegfried. Mag sein! Doch hätte ich das nicht getan,
So hätt' vielleicht ein Vogel das Gerücht
Verbreitet, daß sie mich erschlagen hätten,
Dann fragt ich nun: wie nahm Kriemhild es auf?
Giselher. Sie nützten dir auch so genug bei uns!
Daß man sich die Metalle und das Erz
Durch tücht'ge Schläge zur Trompete rundet,
Das hab ich längst gewußt, von Menschen war's
Mir aber unbekannt, und diese beiden
Beweisen, was ein Schmied, wie du, vermag.
Sie lobten dich – wenn du's vernommen hättest,

Du wärst noch heute rot! Und das nicht bloß
Aus Klugheit, die den Feind wohl öfter preist,
Weil sie die Schmach der eignen Niederlage
Dadurch vergoldet, nein, aus wahrer Lust.
Doch hörst du das am besten von Kriemhild,
Die gar nicht müde ward, sie auszufragen:
Da kommt sie her.

## DRITTE SZENE

*Ute und Kriemhild treten auf.*

Siegfried. Ich bitte dich!
Giselher. Was ist?
Siegfried. Nie wünscht' ich meinen Vater noch herbei,
Daß er mir sage, wie ich kämpfen solle,
Doch meine Mutter könnt ich heute brauchen,
Um sie zu fragen, wie man reden muß.
Giselher. Gib mir die Hand, wenn du so blöde bist.
Man nennt mich hier das Kind. So mag man sehen,
Wie dieses Kind den Löwen führt!
*(Er führt Siegfried den Frauen zu.)* Der Held
Aus Niederland!
Siegfried. Erschreckt nicht, edle Frauen,
Daß ich's allein bin.
Ute. Tapfrer Siegfried, nein!
Das tun wir nicht, du bist der Recke nicht,
Der übrigbleibt, wenn alle andern fallen,
Damit das Unglück einen Boten hat.
Du meldest mir die neue Tochter an
Und Kriemhild ihre Schwester.
Siegfried. Königin,
So ist's!
Giselher. So ist's! Nichts weiter? Und auch das
Noch schwer heraus gebracht? Mißgönnst du sie
Dem König, meinem Bruder, oder hast du,
Es ist bis jetzt kein Beispiel zwar bekannt,
Im Kampf die Zunge dir verstaucht? Doch nein,
Du brauchtest sie vorhin ja flink genug,
Als du mir von Brunhildens braunen Augen
Und schwarzem Haar erzähltest.
Siegfried. Glaubt es nicht!

Giselher. Er hebt, um es mit Nachdruck abzuleugnen,
Noch drei von seinen Fingern auf, und schwört
Zu Blau und Blond.
Ute. Dies ist ein arger Schalk,
Der zwischen Birk und Haselstaude steht:
Der Rute seiner Mutter längst entwachsen,
Hat er des Vaters Gerte nie gespürt
Und ist so übermütig, wie ein Füllen,
Das nichts vom Zaum und von der Peitsche weiß.
Vergib ihm, oder zücht'ge ihn!
Siegfried. Das möchte
Gefährlich sein! Ein wildes Füllen zäumen
Ist schwer, und mancher hinkt beschämt davon,
Bevor er es besteigen kann!
Ute. So geht
Er wieder ohne Strafe aus!
Giselher. Zum Dank
Will ich dir was verraten.
Kriemhild. Giselher!
Giselher. Hast du was zu verbergen? Fürchte nichts!
Ich kenne dein Geheimnis nicht und blase
Von deinen Kohlen keine Asche ab.
Ute. Was ist es denn?
Giselher. Jetzt hab ich's selbst vergessen!
Wenn eine Schwester plötzlich so errötet,
So denkt man doch als Bruder drüber nach
Und fragt sich nach dem Grund. Ei nun, gleichviel!
Mir fällt's wohl noch vorm Sterben wieder ein,
Und dann erfährt er's gleich.
Siegfried. Du magst wohl spotten,
Denn ich vergesse meinen Auftrag ganz,
Und eh ich euch noch in die Sonntagskleider
Getrieben habe, hört ihr die Trompeten,
Und Gunther zieht mit seiner Braut hier ein!
Giselher.
Siehst du den Küchenmeister denn nicht rennen?
Dem hat dein Kommen schon genug gesagt!
Doch helf ich ihm! *(Er geht zu Rumolt.)*
Kriemhild. So edlem Boten dürfen
Wir keine Gabe bieten!
Siegfried. Doch! O doch!

Kriemhild *(nestelt an einer Spange und läßt dabei ihr Tuch fallen).*
Siegfried *(hascht nach dem Tuch).*
Und diese sei's!
Kriemhild. Die ziemt nicht dir, noch mir!
Siegfried. Kleinodien sind mir, was den andern Staub,
Aus Gold und Silber kann ich Häuser baun,
Doch fehlt mir solch ein Tuch.
Kriemhild. So nimm es hin.
Ich hab es selbst gewirkt.
Siegfried. Und gibst du's gern?
Kriemhild. Mein edler Siegfried, ja, ich geb es gern!
Ute. Doch nun erlaubt – es wird auch Zeit für uns!
*(Ab mit Kriemhild.)*

VIERTE SZENE

Siegfried. So steht ein Roland da, wie ich hier stand!
Mich wundert's, daß kein Spatz in meinem Haar
Genistet hat.

FÜNFTE SZENE

Der Kaplan *(tritt heran).*
Verzeiht mir, edler Recke,
Ist Brunhild denn getauft?
Siegfried. Sie ist getauft!
Kaplan. So ist's ein christlich Land, aus dem sie kommt?
Siegfried. Man ehrt das Kreuz.
Kaplan *(tritt wieder zurück).* Man ehrt's wohl so, wie hier,
Wo man sich's neben einer Wodanseiche
Gefallen läßt, weil man nicht wissen kann,
Ob ihm kein Zauber innewohnt, so wie
Der frömmste Christ ein Götzenbild noch immer
Nicht leicht zerschlägt, weil sich ein letzter Rest
Der alten Furcht noch leise in ihm regt,
Wenn er es glotzen sieht.

## SECHSTE SZENE

*Fanfaren, Brunhild, Frigga, Gunther, Hagen, Volker. Gefolge. Kriemhild und Ute aus der Burg ihnen entgegen.*

Gunther. Da ist die Burg,
Und meine Mutter naht mit meiner Schwester,
Dich zu begrüßen.
Volker *(zu Brunhild, während die Frauen sich entgegenschreiten).* Sind die kein Gewinn?
Hagen. Siegfried, ein Wort mit dir! Dein Rat war schlecht.
Siegfried.
Mein Rat war schlecht? Ist sie nicht überwunden?
Steht sie nicht da?
Hagen. Was ist damit erreicht?
Siegfried. Ich denke, alles.
Hagen. Nichts! Wer ihr den Kuß
Nicht rauben kann, der wird sie nimmermehr
Bewältigen, und Gunther kann es nicht.
Siegfried. Hat er's versucht?
Hagen. Würd ich denn sonst wohl reden?
Vorher! Im Angesicht der Burg. Sie sträubte
Sich anfangs, wie es einer Magd geziemt,
Und wie sich unsre Mütter sträuben mochten,
Doch, als sie merkte, daß ein Daumendruck
Genügte, um den Freier fortzuschnellen,
Da ward sie toll, und als er doch nicht wich,
Ergriff sie ihn und hielt ihn, uns und ihm
Zur ew'gen Schmach, mit vorgestrecktem Arm
Weit in den Rhein hinaus.
Siegfried. Ein Teufelsweib!
Hagen. Was schiltst du? Hilf!
Siegfried. Ich denke, wenn der Priester
Sie erst verband –
Hagen. Wär nur die Alte nicht,
Die Magd, die sie begleitet. Diese späht
Und fragt den ganzen Tag und sitzt bei ihr,
Wie ihr Verstand von Siebzig oder Achtzig!
Die fürcht ich mehr, als sie!
Ute *(zu Kriemhild und Brunhild).* So liebt euch denn
Und laßt den Ring, den eure Arme jetzt
Im ersten Herzensdrang geschlossen haben,

Allmählich sich zu einem Kreis erweitern,
In dem ihr euch mit gleichem Schritt und Tritt
Und gleicher Lust um einen Punkt bewegt.
Ihr werdet's besser haben, als ich selbst,
Denn, was ich meinem Herrn nicht sagen durfte,
Das mußt ich ganz verschlucken, und so konnt ich
Zum wenigsten nicht klagen über ihn.

**Kriemhild.** Wir wollen Schwestern werden.

**Brunhild.** Euretwegen
Mag euer Sohn und Bruder noch vor Nacht
Das Zeichen, das zu seiner Magd mich stempelt,
Mir auf die Lippen drücken, denn ich bin
Noch ungebrannt, wie ein zu junger Baum,
Auch hielt' ich mir, wenn ihr sie nicht versüßtet,
Die Schmach, die mich bedroht, wohl ewig fern.

**Ute.** Du sprichst von Schmach?

**Brunhild.** Vergebt mir dieses Wort,
Doch sprech ich, wie ich fühle. Ich bin fremd
In eurer Welt, und wie die meine euch
Erschrecken würde, wenn ihr sie beträtet,
So ängstigt mich die eurige. Mir deucht,
Ich hätt' hier nicht geboren werden können
Und soll hier leben! – Ist der Himmel immer
So blau?

**Kriemhild.** Nicht immer. Doch die meiste Zeit.

**Brunhild.** Wir kennen gar kein Blau, als das des Auges,
Und das nur im Verein mit rotem Haar
Und einem Milchgesicht! Und ist es immer
So still hier in der Luft?

**Kriemhild.** Zuweilen steigen
Auch Wetter auf, dann wird's bei Tage Nacht,
Und Blitz und Donner rasen.

**Brunhild.** Käme das
Nur heute noch! Mir wär's, wie Heimatsgruß.
Ich kann mich nicht an so viel Licht gewöhnen,
Es tut mir weh, mir ist's, als ging ich nackt,
Als wäre kein Gewand hier dicht genug! –
Das sind wohl Blumen? Rot und gelb und grün!

**Kriemhild.**
Du sahst sie nie und kennst die Farben doch?

**Brunhild.** Wir haben Edelsteine aller Art,

Nur weiße nicht und schwarze, aber weiß
Ist meine eigne Hand und schwarz mein Haar.
Kriemhild. So weißt du nichts vom Duft!
*(Sie pflückt ihr ein Veilchen.)*
Brunhild. O der ist schön!
Und diese kleine Blume haucht ihn aus,
Die einz'ge, die mein Auge nicht bemerkte?
Der möcht ich einen süßen Namen geben,
Doch hat sie wohl schon einen.
Kriemhild. Keine ist
Demütiger, als sie, und keine hätte
Dein Fuß so leicht zertreten, denn sie scheint
Sich fast zu schämen, mehr zu sein, als Gras,
So tief versteckt sie sich, und dennoch schmeichelt
Sie dir die ersten sanften Worte ab.
Sei sie dir denn ein Zeichen, daß sich manches
Vor deinem Blick hier noch verbergen mag,
Was dich beglücken wird.
Brunhild. Ich hoff's und glaub's! –
Doch tut's auch not! Du weißt nicht, was es heißt,
Ein Weib zu sein und doch in jedem Kampf
Den Mann zu überwinden, und die Kraft,
Die ihn verläßt, aus dem verströmten Blut,
Das dir entgegen dampft, durch's bloße Atmen
In dich zu trinken! Immer stärker dich
Zu fühlen, immer mutiger, und endlich,
Wenn du des Siegs gewisser bist, als je –
*(in plötzlicher Wendung)*
Frigga, ich frag dich noch einmal! Was war's,
Was sah und sprach ich vor dem letzten Kampf?
Frigga. Du scheinst im Geist dies Land gesehn zu haben.
Brunhild. Dies Land!
Frigga. Und warst entzückt.
Brunhild. Ich war entzückt! –
Doch deine Augen flammten.
Frigga. Weil ich dich
So glücklich sah.
Brunhild. Und diese Recken schienen
Mir weiß, wie Schnee.
Frigga. Sie waren's schon vorher.
Brunhild. Warum verhehltest du's mir denn so lange?

Frigga. Es ward mir selbst erst diese Stunde klar,
Wo ich vergleichen kann.
Brunhild. Wenn ich entzückt
Gewesen bin, als ich dies Land erblickte,
So muß ich's wieder werden.
Frigga. Zweifle nicht.
Brunhild. Es kommt mir doch so vor, als hätte ich
Von Sternen und Metallen –
Frigga. Auch, ja wohl!
Du sprachst, die Sterne funkelten hier heller,
Doch Gold und Silber wären dafür blind.
Brunhild. Ei so!
Frigga *(zu Hagen).* Nicht wahr?
Hagen. Ich hab nicht drauf gehört.
Brunhild. Ich bitt euch alle, nehmt mich für ein Kind,
Ich werde schneller wachsen, wie ein andres,
Doch bin ich jetzt nicht mehr.
*(Zu Frigga.)* Das also war's?
Frigga. Das war's!
Brunhild. So ist's ja gut! So ist's ja gut! –
Ute *(zu dem herangetretenen Gunther).*
Mein Sohn, wenn sie zu herb ist gegen dich,
Laß ihr nur Zeit! Bei dem Geschrei der Krähen
Und Raben, das sie hörte, konnte sich
Ihr Herz nicht öffnen, doch es wird geschehn
Bei Lerchenruf und Nachtigallenschlag.
Hagen. So spricht der Spielmann, wenn er's Fieber hat
Und junge Hunde streichelt. Sei's darum.
Der Jungfrau gönne Zeit, sich zu besinnen,
Die Fürstin aber halte gleich beim Wort.
Sie ist die Deine durch das Recht der Waffen,
So greife zu!
*(Ruft.)* Kaplan! *(Schreitet voran.)*
Gunther. Ich folg dir gern!
Siegfried. Halt, Gunther, halt, was hast du mir gelobt?
Gunther. Kriemhild, darf ich den Gatten für dich wählen?
Kriemhild.
Mein Herr und Bruder, füg es, wie du magst!
Gunther *(zu Ute).*
Ich habe keinen Widerspruch zu fürchten?
Ute. Du bist der König, ich bin Magd, wie sie!

Gunther. So bitt ich dich inmitten meiner Sippen:
Lös einen Eid für mich und sie, und reiche
Dem edlen Siegfried deine Hand.
Siegfried. Ich kann
Nicht reden, wie ich möchte, wenn ich dir
Ins Antlitz sehe, und von meinem Stottern
Hast du vorhin wohl schon genug gehabt,
Drum frag ich dich, wie jeder Jäger fragt,
Nur, daß ich nicht dabei vom Hut die Federn
Herunterblase: Jungfrau, willst du mich?
Doch, daß dich nicht die Einfalt selbst besteche,
Und du nicht völlig unberaten seist,
So laß dir noch vor Ja und Nein vermelden,
Wie meine Mutter mich zu schelten pflegt.
Sie sagt, ich sei zwar stark genug, die Welt
Mir zu erobern, aber viel zu dumm,
Den kleinsten Maulwurfshügel zu behaupten,
Und wenn ich nicht die Augen selbst verlöre,
So läg's allein an der Unmöglichkeit.
Auch magst du ihr das eine willig glauben,
Das andre aber werd ich widerlegen,
Denn wenn ich dich nur erst erobert habe,
So soll man sehn, wie ich behaupten kann!
Nun denn, noch einmal: Kriemhild, willst du mich?
Kriemhild. Du lächelst, Mutter! Oh, ich habe nicht
Vergessen, was ich träumte, und der Schauder
Ist nicht entflohn, er warnt mich mehr, als je,
Doch eben darum sag ich mutig: Ja!
Brunhild *(tritt zwischen Kriemhild und Siegfried).*
Kriemhild!
Kriemhild. Was willst du?
Brunhild. Mich als Schwester dir
Beweisen!
Kriemhild. Jetzt? Worin?
Brunhild *(zu Siegfried).* Wie darfst du's wagen,
Die Hand nach ihr, nach einer Königstochter,
Nur auszustrecken, da du doch Vasall
Und Dienstmann bist!
Siegfried. Wie?
Brunhild. Kamst du nicht als Führer
Und gingst als Bote?

*(Zu Gunther.)* Und wie kannst du's dulden
Und unterstützen, daß er's tut?
Gunther. Er ist
Der Erste aller Recken!
Brunhild. Dafür weis ihm
Den ersten Platz an deinem Throne an.
Gunther. Er ist an Schätzen reicher, als ich selbst!
Brunhild. Pfui! Gibt ihm das ein Recht auf deine Schwester?
Gunther. Er hat mir tausend Feinde schon erschlagen.
Brunhild. Der Held, der mich besiegte, dankt ihm das?
Gunther. Er ist ein König, wie ich selbst.
Brunhild. Und stellte
Doch zu den Knechten sich?
Gunther. Dies Rätsel will ich
Dir lösen, wenn du mein geworden bist!
Brunhild. Nie werd ich's, eh ich dein Geheimnis weiß.
Ute. So willst du mich durchaus nicht Mutter nennen?
Verschieb es nicht zu lange, ich bin alt,
Auch trug ich manches Leid!
Brunhild. Ich folge ihm
Zur Kirche, wie ich schwur, und werde dir
Mit Freuden Tochter, aber ihm nicht Weib.
Hagen *(zu Frigga).* Beschwicht'ge sie!
Frigga. Was braucht es mein dazu?
Wenn er sie einmal überwunden hat,
So wird's ihm auch das zweite Mal gelingen,
Doch ist's ein Recht der Magd, daß sie sich sträubt.
Siegfried *(Kriemhild bei der Hand fassend).*
Daß ich mich gleich als König hier erweise,
So schenk ich dir den Nibelungenhort.
Und nun zu meinem Recht und deiner Pflicht.
*(Er küßt sie.)*
Hagen. Zum Dom!
Frigga. Hat er den Nibelungenhort?
Hagen. Du hörst. Trompeten!
Frigga. Auch die Balmungklinge?
Hagen. Warum nicht? Holla, blast die Hochzeit ein!
*(Rauschende Musik. Alle ab.)*

## SIEBENTE SZENE

*Halle. Truchs und Wulf treten auf. Zwerge tragen Schätze über die Bühne.*

Truchs. Ich steh zu Kriemhild.
Wulf. So? Zu Brunhild ich.
Truchs. Warum, wenn's dir beliebt?
Wulf. Wie brächtest du
Dein Lanzenspiel zusammen, wenn wir alle
Dieselbe Farbe hielten?
Truchs. Diesen Grund
Muß ich dir gelten lassen, aber sonst
Wär's Tollheit.
Wulf. Ho! Das sag nur nicht zu laut,
Denn viele gibt's, die zu der Fremden schwören.
Truchs. Es ist ein Unterschied, wie Tag und Nacht.
Wulf. Wer leugnet das? Doch mancher liebt die Nacht!
*(Zeigt auf die Zwerge.)* Was schleppen die?
Truchs. Ich denk, es ist der Hort,
Denn Siegfried hat ihn von den Nibelungen,
Als er sie zum Geleit hieher entbot,
Gleich mit heraufgebracht, und wie ich höre,
Ist er zum Wittum für Kriemhild bestimmt.
Wulf. Unholde, diese Zwerge! Hohl im Rücken!
Kehr einen um, so liegt ein Backtrog da.
Truchs. Sie hausen auch ja mit dem Wurmgeschlecht
Im Bauch der Erde und in Bergeshöhlen,
Und sind des Maulwurfs Vettern.
Wulf. Aber stark!
Truchs. Und klug! Der braucht nach der Alraunenwurzel
Nicht mehr zu spähn, der die zu Freunden hat.
Wulf *(zeigt auf die Schätze)*.
Wer das besitzt, braucht alle beide nicht.
Truchs. Ich möcht es kaum. Es ist ein altes Wort,
Daß Zaubergold noch durstiger nach Blut,
Als ausgedörrter Schwamm nach Wasser ist;
Auch führen diese Nibelungenrecken
Gar wunderliche Reden.
Wulf. Von dem Raben!
Was war es doch? Ich hab's nur halb gehört.
Truchs. Ein Rabe hat sich auf das Gold gesetzt,

Als man's zum Schiff hinunter trug, und so
Gekrächzt, daß Siegfried, weil er ihn verstand,
Sich erst die Ohren zugehalten und
Gepfiffen, dann nach ihm mit Edelsteinen
Geworfen, und zuletzt, weil er nicht wich,
Sogar den Speer geschleudert haben soll!

Wulf. Das will was heißen! Denn er ist im Grunde
So sanft, als tapfer.

*(Es wird geblasen.)*

Horch, das gilt auch uns!
Sie sammeln sich. Hie Brunhild!

Truchs. Kriemhild hie!

*(Ab. Andere Recken, die sich inzwischen gesammelt haben, schließen sich an und wiederholen den Ruf. Es wird nach und nach dunkel.)*

## ACHTE SZENE

*Hagen und Siegfried treten auf.*

Siegfried. Was willst du, Hagen? Warum winkst du mich
Hinweg von dem Bankett? Ich werde nie
So wieder sitzen, wie ich heute sitze,
So gönnt mir doch den Tag, ich hab's ja wohl
Um euch verdient.

Hagen. Es gibt noch mehr zu tun.

Siegfried. Verschiebt's auf morgen! Die Minute gilt
Mir heut ein Jahr, ich kann die Worte zählen,
Die ich mit meiner Braut gesprochen habe,
So laßt mir doch den Abend für mein Weib.

Hagen. Verliebte und Berauschte störte ich
Noch niemals ohne Not. Es hilft dir nichts,
Daß du dich sträubst, du mußt. Was Brunhild sprach,
Hast du gehört, und wie sie Hochzeit hält,
Siehst du ja wohl, sie sitzt bei Tisch und weint.

Siegfried. Kann ich es ändern?

Hagen. Daß sie halten wird,
Was sie gelobte, ist nicht zweifelhaft,
Und daß die Schande unauslöschlich wäre,
Noch weniger! Dies leuchtet dir doch ein?

Siegfried. Was folgt daraus?

Hagen. Daß du sie bänd'gen mußt!
*(Gunther tritt herzu.)*
Siegfried. Ich?
Hagen. Hör mich an! Der König geht mit ihr
Ins Schlafgemach. Du folgst ihm in der Kappe.
Er fordert, eh sie sich das Tuch noch lüftet,
Mit Ungestüm den Kuß. Sie weigert ihn.
Er ringt mit ihr. Sie lacht und triumphiert.
Er löscht, als wär's von ungefähr, das Licht
Und ruft: So weit der Spaß und nun der Ernst,
Hier wird es anders gehn, als auf dem Schiff!
Dann packst du sie und zeigst ihr so den Meister,
Bis sie um Gnade, ja ums Leben fleht.
Ist das geschehn, so läßt der König sie
Zu seiner untertän'gen Magd sich schwören,
Und du entfernst dich, wie du kamst!
Gunther. Bist du
Bereit, mir diesen letzten Dienst zu leisten?
Ich fordre niemals einen mehr von dir.
Hagen. Er wird und muß. Er hat es angefangen,
Wie sollt er's nicht auch enden?
Siegfried. Wollt ich auch,
Und wahrlich, ihr verlangt ein Stück von mir,
Das ich wohl auch an einem andern Tage,
Als an dem Hochzeitstag, euch weigern dürfte,
Wie könnt ich nur? Was sagt ich zu Kriemhild?
Sie hat schon jetzt so viel mir zu vergeben,
Daß mir der Boden unterm Fuße brennt;
Wollt ich den Fehl noch einmal wiederholen,
So könnte sie's im Leben nicht verzeihn.
Hagen. Wenn eine Tochter von der Mutter scheidet,
Und aus dem Zimmer, wo die Wiege stand,
Ins Brautgemach hinüberschreiten soll,
So gibt es einen langen Abschied, Freund!
Die Zeit reicht hin für dich und also – Topp!
*(Da Siegfried die Hand weigert.)*
Brunhild ist jetzt ein angeschoßnes Wild,
Wer wird es mit dem Pfeil so laufen lassen,
Ein edler Jäger schickt den zweiten nach.
Verloren ist verloren, hin ist hin,
Die stolze Erbin der Valkyrien

Und Nornen liegt im Sterben, töt sie ganz,
Dann lacht ein muntres Weib uns morgen an,
Das höchstens spricht: ich habe schwer geträumt!
Siegfried. Ich weiß nicht, was mich warnt.
Hagen. Du denkst, Frau Ute
Ist fertig, eh du selbst! Verlaß dich drauf,
Sie ruft Kriemhild nach Segen und Umarmung
Noch dreimal wieder um!
Siegfried. Und dennoch: Nein!
Hagen. Was? Wenn in diesem Augenblick ein Bote
Erschiene und dir meldete, dein Vater
Läg auf den Tod darnieder, riefest du
Nicht gleich nach deinem Roß, und triebe dich
Dein Weib nicht selbst hinauf? Nun kann ein Vater
Doch selbst als Greis genesen, doch die Ehre,
Einmal erkrankt, und dann nicht rasch geheilt,
Steht niemals wieder von den Toten auf.
Und eines Königs Ehre ist der Stern,
Der alle seine Recken mit beleuchtet
Und mit verdunkelt! Weh dem Zauderer,
Der ihm nur einen seiner Strahlen raubt.
Vermöchte ich's, so bät ich dich nicht länger,
Ich tät es selbst und wäre stolz darauf,
Doch Zauberkünste haben's angefangen,
Und Zauberkünste müssen's nun auch enden:
So tu's denn! Soll ich knien?
Siegfried. Ich tu's nicht gern!
Wer hätt' sich das gedacht! Und dennoch lag's
So nah! Oh, dreimal heilige Natur!
Mich widert's, wie noch nie in meinem Leben,
Doch was du sagst, hat Grund, und also sei's.
Gunther. Ich gebe meiner Mutter einen Wink –
Hagen.
Nein! Nein! Kein Weib! Wir stehn allhier zu dreien
Und haben, hoff ich, keine einz'ge Zunge,
Der vierte in unsrem Bunde sei der Tod!

*(Alle ab.)*

## DRITTER AKT

*Morgen. Schloßhof. An der einen Seite der Dom.*

### ERSTE SZENE

*Rumolt und Dankwart treten gerüstet auf.*

Rumolt. Drei Tote!
Dankwart. Nun, für gestern war's genug,
Es war ja nur ein Vorspiel! Heute wird's
Wohl anders kommen.
Rumolt. Diese Nibelungen
Sind mit den Totenhemden gleich versehn,
Ein jeder führt es bei sich, wie sein Schwert.
Dankwart. Man hat im Norden wunderliche Bräuche,
Denn, wie die Berge wilder werden, wie
Die muntren Eichen düstern Tannen weichen,
So wird der Mensch auch finstrer, bis er endlich
Sich ganz verliert, und nur das Tier noch haust!
Erst kommt ein Volk, das nicht mehr singen kann,
An dieses grenzt ein andres, das nicht lacht,
Dann folgt ein stummes, und so geht es fort.

### ZWEITE SZENE

*Musik. Großer Zug. Wulf und Truchs unter den Recken.*

Rumolt *(indem er sich mit Dankwart anschließt).*
Wird Hagen jetzt zufrieden sein?
Dankwart. Ich denk's!
Das ist ein Aufgebot, wie für den Krieg!
Doch hat er recht, denn diese Königin
Braucht andre Morgenlieder, als die Lerche
Sie hören läßt, die in der Linde pfeift!
*(Gehen vorüber.)*

### DRITTE SZENE

*Siegfried erscheint mit Kriemhild.*

Kriemhild *(auf ihr Gewand deutend).*
Nun? Dankst du's mir?
Siegfried. Ich weiß nicht, was du meinst.
Kriemhild. Sieh mich nur an!

S i e g f r i e d. Ich dank dir, daß du bist,
Daß du so lächelst, daß du blaue Augen
Und keine schwarze hast –
K r i e m h i l d. Du lobst den Herrn
In seiner Magd! Du Tor, hab ich mich selbst
Geschaffen, und die Augen, die du rühmst,
Mir ausgesucht?
S i e g f r i e d. Die Liebe, dünkt mich, könnte
So seltsam träumen! Ja, an einem Morgen,
Wo alles mailich funkelte, wie heut,
Hast du die beiden hellsten Tropfen Taus,
Die an den beiden blausten Glocken hingen,
Dir weggehascht, und trägst seitdem den Himmel
Zwiefach im Antlitz.
K r i e m h i l d. Lieber dank's mir doch,
Daß ich als Kind so klug gefallen bin,
Denn diese Augen waren arg bedroht,
Als ich mir hier die Schläfe zeichnete.
S i e g f r i e d. Laß mich die Narbe küssen!
K r i e m h i l d. Hitz'ger Arzt,
Verschwende deinen Balsam nicht, die Wunde
Ist längst geheilt! Nein, weiter!
S i e g f r i e d. Nun, so danke
Ich deinem Mund –
K r i e m h i l d. Mit Worten?
S i e g f r i e d *(will sie umarmen)*. Darf ich so?
K r i e m h i l d *(weicht zurück)*. Glaubst du, ich fordre auf?
S i e g f r i e d. Mit Worten denn
Für Worte! Nein, für Süßeres, als Worte,
Für dein Gelispel holder Heimlichkeiten,
Dem Ohr so köstlich, wie dein Kuß der Lippe,
Und für die Heimlichkeiten selbst, fürs Lauschen
Am Fenster, als wir in die Wette warfen,
Oh, hätte ich's geahnt! und für dein Höhnen
Und Spotten –
K r i e m h i l d. Um mit Ehren zu verweilen,
Nicht wahr, so legst du's aus? Wie boshaft, Freund!
Das sagt ich dir im Dunkeln! Willst du sehn,
Ob ich erröte, wenn du's jetzt bei Tage
Mir wiederholst? Mein Blut ist gar zu dumm,
Es steigt und fällt zu rasch, und meine Mutter

Vergleicht mich oft mit einem Rosenstock,
Der Rot und Weiß auf einem Stengel trägt.
Sonst hätt'st du nichts von alledem erfahren,
Doch fühlt ich's wohl, wie meine Wangen brannten,
Als mich mein Bruder gestern morgen neckte,
Da mußt ich dir die Missetat gestehn!
Siegfried. Daß der den besten Hirsch noch heute träfe!
Kriemhild. Und ihn verfehlte! Ja! Das wünsch ich auch. –
Du bist wohl einer, wie mein Ohm, der Tronjer,
Der einen neuen Rock, den man ihm stickt
Und heimlich vor sein Bette legt, nur dann
Bemerkt, wenn er zu eng geriet?
Siegfried. Warum?
Kriemhild. Du siehst nur das, was Gott und die Natur
An mir getan, mein eigenes Verdienst
Entgeht dir, das beginnt erst bei den Kleidern,
Und nicht einmal der Gürtel fällt dir auf.
Siegfried. Nun, der ist bunt! Doch lieber möcht ich noch
Den Regenbogen um den Leib dir winden,
Mir deucht, der paßt zu dir und du zu ihm.
Kriemhild. Bring mir ihn nur zur Nacht, so wechsle ich,
Doch wirf ihn nicht so hin, wie diesen andern,
Ich hätte dein Geschenk fast übersehn!
Siegfried. Was redest du?
Kriemhild. Wenn nicht die Steine wären,
So läge er wohl jetzt noch unterm Tisch,
Doch Feuer kann sich freilich nicht verstecken.
Siegfried. Der wär von mir?
Kriemhild. Gewiß.
Siegfried. Kriemhild, du träumst!
Kriemhild. Ich fand ihn in der Kammer.
Siegfried. Deine Mutter
Wird ihn verloren haben!
Kriemhild. Meine Mutter!
O nein, ich kenne ihren Schmuck! Ich dachte,
Er stamme aus dem Nibelungenhort,
Und legt ihn eilig an, dich zu erfreun!
Siegfried. Das dank ich dir, allein ich kenn ihn nicht!
Kriemhild *(nimmt den Gürtel ab)*.
Dann mach der goldnen Borte wieder Platz,
Die du bedeckst! Ich war schon ganz geschmückt

Und schnallte ihn nur über, um die Mutter
Und dich zugleich zu ehren, denn die Borte
Ist von der Mutter!

Siegfried. Das ist wunderlich! –
Du fandst ihn an der Erde?

Kriemhild. Ja!

Siegfried. Zerknüllt?

Kriemhild. Siehst du, daß du ihn kennst! Der zweite Spaß
Gelang dir, wie der erste, und ich habe
Zwiefache Müh! *(Sie will den Gürtel wieder umschnallen.)*

Siegfried. Um Gottes willen, nein!

Kriemhild. Ist das dein Ernst?

Siegfried *(für sich).* Sie suchte mir die Hände
Zu binden.

Kriemhild. Lachst du nicht?

Siegfried *(für sich).* Da ward ich wütend
Und brauchte meine Kraft.

Kriemhild. Noch immer nicht?

Siegfried *(für sich).* Ich riß ihr etwas weg!

Kriemhild. Bald werd ich's glauben.

Siegfried *(für sich).*
Das pfropft ich, weil sie wieder darnach griff,
Mir in den Busen, und – – Gib her, gib her,
Kein Brunnen ist so tief, den zu verbergen,
Ein Stein daran, und in den Rhein hinab!

Kriemhild. Siegfried!

Siegfried. Er ist mir dann entfallen! – Gib!

Kriemhild. Wie kam er denn in deine Hand?

Siegfried. Dies ist
Ein furchtbar unglückseliges Geheimnis,
Verlange keinen Teil daran.

Kriemhild. Du hast
Mir doch ein größres anvertraut, ich kenne
Die Stelle, wo der Tod dich treffen kann.

Siegfried. Das hüte ich allein!

Kriemhild. Das andre hüten
Wohl zwei!

Siegfried *(für sich).* Verflucht! Ich eilte mich zu sehr!

Kriemhild *(bedeckt sich das Gesicht).*
Du schwurst mir etwas! Warum tatst du das?
Ich hatt es nicht verlangt.

Siegfried. Bei meinem Leben,
Ich habe nie ein Weib erkannt!
Kriemhild *(hält den Gürtel in die Höhe).*
Siegfried. Ich wurde
Damit gebunden!
Kriemhild. Wenn's ein Löwe sagte,
Es wäre glaublicher!
Siegfried. Und doch ist's wahr!
Kriemhild.
Dies schmerzt! Ein Mann, wie du, kann keinen Fehler
Begehn, der ihn, wie schlimm er immer sei,
Nicht doch noch besser kleidet, als die Lüge,
Womit er ihn bedecken will!
*(Gunther und Brunhild treten auf.)*
Siegfried. Weg, weg!
Man kommt!
Kriemhild.
Wer kommt? Brunhild? Kennt die den Gürtel?
Siegfried. Verbirg ihn doch!
Kriemhild. Nein, nein, ich zeige ihn!
Siegfried. Verstecke ihn, so sollst du alles wissen.
Kriemhild *(indem sie den Gürtel verbirgt).*
Sie kennt ihn also wirklich?
Siegfried. Hör mich an!
*(Beide folgen dem Zuge.)*

## VIERTE SZENE

Brunhild. War das nicht Kriemhild?
Gunther. Ja.
Brunhild. Wie lange bleibt
Sie noch am Rhein?
Gunther. Sie wird wohl nächstens ziehn,
Denn Siegfried muß zu Haus.
Brunhild. Ich geb ihm Urlaub
Und schenke ihm den Abschied obendrein.
Gunther. Ist er dir so verhaßt?
Brunhild. Ich kann's nicht sehn,
Daß deine edle Schwester sich erniedrigt.
Gunther. Sie tut, wie du.
Brunhild. Nein, nein, du bist ein Mann!

Und dieser Name, der mir sonst so feindlich
Erklang, erfüllt mich jetzt mit Stolz und Lust!
Ja, Gunther, ich bin wunderbar verwandelt:
Du siehst's ja wohl? Ich könnte dich was fragen
Und tu es nicht!
Gunther. Du bist mein edles Weib!
Brunhild. Ich hör mich gern so nennen, und es kommt
Mir jetzt so seltsam vor, daß ich das Roß
Getummelt und den Speer geworfen habe,
Als säh ich dich den Bratenwender drehn!
Ich mag die Waffen nicht mehr sehn, auch ist
Mein eigner Schild mir jetzt zu schwer, ich wollte
Ihn auf die Seite stellen, und ich mußte
Die Magd um Beistand rufen! Ja, ich möchte
Jetzt lieber lauschen, wie die Spinnen weben,
Und wie die Vögel ihre Nester baun,
Als dich begleiten!
Gunther. Diesmal muß es sein!
Brunhild. Ich weiß, warum. Vergib mir! Großmut war's,
Was ich für Ohnmacht hielt. Du wolltest mich
Nur nicht beschämen, als ich auf dem Schiff
So unhold trotzte! Davon wohnte nichts
In meiner Brust, und darum ist die Kraft,
Die sich in einer Laune der Natur
Zu mir verirrte, heimgekehrt zu dir!
Gunther. Versöhne dich, da du so milde bist,
Denn auch mit Siegfried!
Brunhild. Diesen nenne nicht!
Gunther. Doch hast du keinen Grund, ihm gram zu sein.
Brunhild. Ich hab auch keinen! Wenn ein König sich
So weit erniedrigt, Führerdienst zu leisten
Und Boten abzulösen, ist es zwar
So wunderlich, als ließe sich der Mensch
Fürs Pferd den Sattel auf den Rücken schnallen
Und bellte oder jagte für den Hund,
Allein, wenn's ihm gefällt, was kümmert's mich!
Gunther. So war es nicht.
Brunhild. Auch wird's nur um so lust'ger,
Wenn er dabei so hoch an Haupt und Gliedern
Hervorragt vor den andern, daß man glaubt,
Er sammle sich von allen Königen

Der Welt die Kronen ein, um eine einz'ge
Daraus zu schmieden und die Majestät
Zum erstenmal im vollen Glanz zu zeigen,
Denn, das ist wahr, so lange auf der Erde
Noch mehr, als eine, glänzt, ist keine rund,
Und statt des Sonnenringes trägst auch du
Nur einen blassen Halbmond auf der Stirn!

Gunther. Siehst du, daß du ihn schon mit andern Augen
Betrachtet hast?

Brunhild. Ich habe ihn vor dir
Begrüßt! Das räche! Fordre – töte ihn!

Gunther. Brunhild! Er ist der Gatte meiner Schwester,
Und sein Blut ist das meinige.

Brunhild. So kämpfe
Mit ihm und wirf ihn nieder in den Staub
Und zeige mir, wie herrlich du erscheinst,
Wenn er der Schemel deiner Füße ist.

Gunther. Auch das ist hier nicht Brauch.

Brunhild. Ich laß nicht ab,
Ich muß es einmal sehn. Du hast den Kern,
Das Wesen, er den Schein und die Gestalt!
Zerblase diesen Zauber, der die Blicke
Der Toren an ihn fesselt. Wenn Kriemhild
Die Augen, die sie jetzt an seiner Seite
Doch fast zu kühn erhebt, auch senken muß,
So schadet's ja wohl nicht, ich aber werde
Dich noch ganz anders lieben, wenn du's tust.

Gunther. Auch er ist stark!

Brunhild. Ob er den Lindwurm schlug
Und Alberich bezwang: das alles reicht
Noch nicht von fern an dich. In dir und mir
Hat Mann und Weib für alle Ewigkeit
Den letzten Kampf ums Vorrecht ausgekämpft.
Du bist der Sieger, und ich fordre nichts,
Als daß du dich nun selbst mit all den Ehren,
Wornach ich geizte, schmücken sollst. Du bist
Der Stärkste auf der Welt, drum peitsche ihn
Zu meiner Lust aus seiner goldnen Wolke
Heraus, damit er nackt und bloß erscheint,
Dann leb er hundert Jahre oder mehr.

*(Beide ab.)*

## FÜNFTE SZENE

*Frigga und Ute kommen.*

Ute. Nun, Brunhild blickt schon heute fröhlicher,
Wie gestern.
Frigga. Königin, sie ist es auch.
Ute. Ich hab's mir wohl gedacht.
Frigga. Ich nicht! Ich nicht!
Ihr Sinn ist so verwandelt, daß ich nicht
Erstaunen würde, wenn sich auch ihr Wesen
Verwandelte, und wenn sie blonde Locken
Bekäme, statt der schwarzen, die so lange
Mir unterm goldnen Kamme knisterten.
Ute. Das ist dir doch nicht leid?
Frigga. Mich wundert's nur,
Und hättest du dies Heldenbild erzogen,
Wie ich, und wüßtest alles, was ich weiß,
So würdest du dich wundern, wie ich selbst.
Ute *(indem sie wieder in die Burg geht).*
Tu nur das deinige!
Frigga. Ich tat schon mehr,
Als ihr euch träumen laßt! Daß dies so kam,
Begreif ich nicht, doch wenn sie glücklich ist,
So bin ich still und werde sie gewiß
Nicht mahnen an die Zeit, die sie vergaß!

## SECHSTE SZENE

*Kriemhild und Brunhild kommen Hand in Hand, es sammeln sich viele Recken und Volk.*

Kriemhild. Nun, ist's nicht besser, Kämpfe anzusehen,
Als selbst zu kämpfen?
Brunhild. Hast du beides schon
Versucht, daß du vergleichen kannst?
Kriemhild. Ich möcht es
Auch nimmermehr.
Brunhild. So spiele nicht so kühn
Die Richterin! – Ich meine das nicht schlimm,
Du kannst mir deine Hand noch immer lassen,
Auch mag's so sein, nur, dächt ich, diese Lust
Wär mir allein bestimmt.

Kriemhild. Wie meinst du das?
Brunhild. Es kann doch keine jubeln, die den Gatten
Erliegen sieht!
Kriemhild. Gewiß nicht!
Brunhild. Noch sich täuschen,
Wenn er nur darum fest im Bügel bleibt,
Weil ihn sein Herr verschonte.
Kriemhild. Auch wohl kaum!
Brunhild. Nun denn!
Kriemhild. Davor bin ich doch wohl geschützt?
Du lächelst?
Brunhild. Weil du gar zu sicher bist.
Kriemhild. Ich darf es sein!
Brunhild. Zur Probe kommt's wohl nicht,
Und auch ein Traum ist süß. Schlaf zu, schlaf zu,
Ich wecke dich nicht auf!
Kriemhild. Wie redest du!
Mein edler Gatte ist nur viel zu mild,
Um den Verwaltern seiner Königreiche
So weh zu tun, sonst hätt' er seinen Degen
Schon längst zu einem Zepter umgeschmiedet
Und über die ganze Erde ausgestreckt.
Denn alle Lande sind ihm untertan,
Und sollte eins es leugnen, bät ich mir's
Sogleich von ihm zum Blumengarten aus.
Brunhild. Kriemhild, was wäre da der meinige?
Kriemhild. Er ist mein Bruder und erhält den Stempel,
Wie schwer er immer sei, man wiegt ihn nicht.
Brunhild.
Nein, denn er selbst ist das Gewicht der Welt,
Und wie das Gold der Dinge Preis bestimmt,
So er den Wert der Recken und der Helden!
Du mußt nicht widersprechen, liebes Kind,
Ich will dafür geduldig auf dich hören,
Wenn du mir zeigst, wie man die Nadel braucht.
Kriemhild. Brunhild!
Brunhild. Ich sagt es wahrlich nicht im Hohn,
Ich möcht es können, und es ist mir nicht
So angeboren, wie das Lanzenwerfen,
Für welches ich des Meisters nicht bedurfte,
So wenig, wie fürs Gehen oder Stehn.

Kriemhild. Wir können gleich beginnen, wenn du willst,
Und da du doch am liebsten Wunden machst,
So fangen wir beim Sticken an, ich habe
Ein Muster bei mir! *(Sie will den Gürtel hervorziehen.)*
Nein, ich irre mich!
Brunhild.
Du blickst nicht mehr, wie sonst, auf deine Schwester
Auch ist es gar nicht freundlich, mir die Hand,
Die ich so liebreich faßte, zu entziehn,
Bevor ich selbst sie lasse, unsre Sitte
Zum wenigsten verlangt das Gegenteil.
Kannst du es nicht verwinden, daß das Zepter,
Von dem du träumst, in deines Bruders Hand
Gegeben ist? Du solltest doch als Schwester
Dich trösten, denn der Ruhm des Bruders ist
Zur Hälfte dein, auch, dächt ich, müßtest du
Vor allen andern mir die Ehre gönnen,
Die dir nun einmal doch nicht werden konnte,
Denn keine hätt' dafür bezahlt, wie ich!
Kriemhild. Ich seh, wie alle Unnatur sich rächt:
Du hast der Liebe widerstrebt, wie keine,
Nun macht sie dich zur Strafe doppelt blind.
Brunhild. Du sprichst von dir und nicht von mir! Es ist
Kein Grund zum Streit. Das weiß die ganze Welt!
Eh ich geboren wurde, war's bestimmt,
Daß nur der Stärkste mich besiegen solle –
Kriemhild. Ich glaub's ja gern.
Brunhild. Und doch?
Kriemhild *(lacht)*.
Brunhild. So bist du toll!
Ist deine Angst so groß, daß wir zu streng
Mit den Vasallen sind? Besorge nichts!
Ich lege keinen Blumengarten an,
Und auch den Vortritt werde ich nur einmal
Verlangen, wenn du nicht zu störrig bist,
Nur heut, nur hier am Dom, und niemals mehr.
Kriemhild. Ich hätte dir ihn wahrlich nicht versagt,
Doch da es meines Gatten Ehre gilt,
So weich ich keinen Schritt.
Brunhild. Er wird es dir
Schon selbst gebieten.

Kriemhild. Wagst du's, ihn zu schmähn?
Brunhild. Er trat bei mir zurück vor deinem Bruder,
Wie ein Vasall vor seinem Herrn, und wehrte
Dem Gruß, den ich ihm bot. Das fand ich auch
Natürlich, als ich ihn – er nannte sich
Ja selber so – für einen Dienstmann hielt,
Nun aber kommt's mir anders vor.
Kriemhild. Und wie?
Brunhild. Ich sah den Wolf wohl so vor einem Bären
Beiseite schleichen, oder auch den Bären
Vor einem Auerstier. Er ist Vasall,
Wenn er auch nicht geschworen hat.
Kriemhild. Nicht weiter!
Brunhild.
Du willst mir drohn? Vergiß dich nicht, mein Kind!
Ich bin bei Sinnen! Bleibe du es auch!
Es mußte doch ein Grund vorhanden sein.
Kriemhild.
Es war ein Grund! Und schaudern würdest du,
Wenn du ihn ahntest.
Brunhild. Schaudern!
Kriemhild. Schaudern! Ja!
Doch fürchte nichts! Ich liebe dich auch jetzt
Noch viel zu sehr und kann dich nie so hassen,
Um dir den Grund zu nennen. Wäre mir's
Geschehn, ich grübe mir mit eignen Händen
In dieser Stunde noch das Grab! Nein, nein!
Nicht ich will das elendeste Geschöpf,
Das auf der ganzen Erde atmet, machen,
Sei stolz und frech, ich bin aus Mitleid stumm!
Brunhild. Du prahlst, Kriemhild, und ich verachte dich!
Kriemhild.
Das Kebsweib meines Gatten mich verachten!
Brunhild. Legt sie in Ketten! Bindet sie! Sie rast!
Kriemhild *(zieht den Gürtel hervor)*.
Kennst du den Gürtel?
Brunhild. Wohl! Es ist der meine,
Und da ich ihn in fremden Händen sehe,
So muß er mir bei Nacht gestohlen sein!
Kriemhild. Gestohlen! Dennoch gab ihn mir kein Dieb!
Brunhild. Wer sonst?

Kriemhild. Der Mann, der dich bewältigt hat!
Doch nicht mein Bruder!
Brunhild. Kriemhild!
Kriemhild. Diesen hättest
Du Mannweib ja erwürgt und dann vielleicht
Zur Strafe in den Toten dich verliebt:
Mein Gatte gab ihn mir!
Brunhild. Nein! nein!
Kriemhild. So ist's!
Nun setz ihn noch herab! Gestattest du
Mir jetzt, daß ich den Dom vor dir betrete?
*(Zu ihren Frauen.)*
Folgt mir! Ich muß ihr zeigen, was ich darf!
*(Ab in den Dom.)*

## SIEBENTE SZENE

Brunhild.
Wo sind die Herren von Burgund? – O Frigga!
Hast du's gehört?
Frigga. Ich hab's gehört und glaub's.
Brunhild. Du tötest mich! Es wäre so?
Frigga. Sie sagte
Gewiß zu viel, doch dieses steht mir fest,
Daß du betrogen bist!
Brunhild. Sie löge nicht?
Frigga. Der Balmungschwinger war's. Er stand am See,
Als er verlosch.
Brunhild. So hat er mich verschmäht,
Denn ich war auf der Zinne, und er mußte
Mich sehn. Er war gewiß schon voll von ihr.
Frigga. Und daß du weißt, um was man dich betrog:
Ich täuschte dich!
Brunhild *(ohne auf sie zu hören)*.
Daher die stolze Ruhe,
Womit er mich betrachtete.
Frigga. Nicht bloß
Dies schmale Land, dir war die ganze Erde
Zum Eigentum bestimmt, auch sollten dir
Die Sterne reden und sogar dem Tod
Die Herrschaft über dich genommen sein.
Brunhild. Schweig mir von dem!

F r i g g a. Warum? Du kannst es dir
Zwar nicht zurückerobern, doch du kannst
Dich rächen, Kind!
B r u n h i l d. Und rächen werd ich mich!
Verschmäht! Weib, Weib, wenn du in seinen Armen
Auch eine Nacht gelacht hast über mich,
So sollst du viele Jahre dafür weinen,
Ich will – – Was red ich! Ich bin schwach, wie sie.
*(Stürzt Frigga an die Brust.)*

ACHTE SZENE

*Gunther, Hagen, Dankwart, Rumolt, Gerenot, Giselher und Siegfried kommen.*

H a g e n. Was gibt es hier?
B r u n h i l d *(richtet sich hoch auf).*
Bin ich ein Kebsweib, König?
G u n t h e r. Ein Kebsweib?
B r u n h i l d. Deine Schwester nennt mich so!
H a g e n *(zu Frigga).* Was ging hier vor?
F r i g g a. Ihr seid entdeckt! Wir kennen
Den Sieger jetzt, und Kriemhild sagt sogar,
Daß er es zweimal war.
H a g e n *(zu Gunther).* Er hat geschwatzt!
*(Er redet heimlich mit ihm.)*

NEUNTE SZENE

K r i e m h i l d *(die währenddem aus dem Dom getreten ist).*
Vergib mir, mein Gemahl! Ich tat nicht recht,
Doch wenn du wüßtest, wie sie dich geschmäht –
G u n t h e r *(zu Siegfried).* Hast du dich je gerühmt?
S i e g f r i e d *(legt die Hand auf Kriemhilds Haupt).*
Bei ihrem Leben,
Ich tat es nicht.
H a g e n. Das glaub ihm ohne Eid!
Er sagte nur, was wahr ist.
S i e g f r i e d. Und auch das
Nicht ohne Not!
H a g e n. Ich zweifle nicht daran!
Das Wie ein andermal. Jetzt bringe nur

Die Weiber auseinander, die noch immer
Die Schlangenkämme wieder sträuben können,
Wenn sie zu früh sich in die Augen sehn.
Siegfried. Ich ziehe bald von dannen. Kriemhild, komm!
Kriemhild *(zu Brunhild).*
Wenn du bedenkst, wie schwer du mich gereizt,
So wirst auch du –
Brunhild *(wendet sich).*
Kriemhild. Du liebst ja meinen Bruder,
Kannst du das Mittel schelten, das dich ihm
Zu eigen machte?
Brunhild. Oh!
Hagen. Hinweg! Hinweg!
Siegfried *(indem er Kriemhild abführt).*
Hier wurde nicht geschwatzt, ihr werdet sehn! *(Ab.)*

ZEHNTE SZENE

Hagen. Nun tretet um mich her und haltet gleich
Das peinliche Gericht.
Gunther. Wie redest du?
Hagen. Fehlt's hier am Grund? Dort steht die Königin
Und weint die heißen Tränen, welche ihr
Der Schimpf entpreßt!
*(Zu Brunhild.)* Du edles Heldenbild,
Du einz'ges, dem auch ich mich willig beuge:
Der Mann muß sterben, der dir das getan!
Gunther. Hagen!
Hagen *(zu Brunhild).*
Der Mann muß sterben, wenn du selbst
Nicht zwischen ihn und deinen Rächer trittst.
Brunhild.
Ich eß nicht mehr, bis ihr den Spruch vollzieht.
Hagen. Vergib mir, König, daß ich sprach vor dir,
Ich wollte dir nur zeigen, wie es steht,
Doch kannst du dich noch immer frei entscheiden,
Dir blieb die Wahl ja zwischen ihm und ihr.
Giselher. So wird das Ernst? Um einen kleinen Fehl
Wollt ihr den treusten Mann der Erde morden?
Mein König und mein Bruder, sage nein!
Hagen. Wollt ihr Bastarde ziehn an eurem Hof?

Ich zweifle, ob die trotzigen Burgunden
Sie krönen werden! Doch du bist der Herr!
Gerenot. Der tapfre Siegfried wird sie schon bezwingen,
Sobald sie murren, wenn's uns selbst nicht glückt.
Hagen *(zu Gunther).*
Du schweigst! Wohlan! Das übrige ist mein!
Giselher. Ich scheide mich von eurem Blutrat ab! *(Ab.)*

### EILFTE SZENE

Brunhild. Frigga, mein Leben oder auch das seine!
Frigga. Das seine, Kind!
Brunhild. Ich ward nicht bloß verschmäht,
Ich ward verschenkt, ich ward wohl gar verhandelt!
Frigga. Verhandelt, Kind!
Brunhild. Ihm selbst zum Weib zu schlecht,
War ich der Pfenning, der ihm eins verschaffte!
Frigga. Der Pfenning, Kind!
Brunhild. Das ist noch mehr, als Mord,
Und dafür will ich Rache! Rache, Rache!
*(Alle ab.)*

## VIERTER AKT

*Worms.*

### ERSTE SZENE

*Halle. Gunther mit seinen Recken. Hagen trägt einen Wurfspieß.*

Hagen. Ein Lindenblatt muß selbst der Blinde treffen;
Ich will mich trauen, eine Haselnuß
Auf funfzig Schritt mit diesem Spieß zu öffnen.
Giselher. Was ziehst du solche Künste jetzt hervor?
Wir wissen's lange, daß bei dir nichts rostet.
Hagen. Er kommt! Nun zeigt mir, daß ihr düster blicken
Und das Gesicht verziehn könnt, wenn euch auch
Kein Vater starb.

## ZWEITE SZENE

Siegfried *(tritt auf).* Ihr Recken, hört ihr nicht
Die Bracken heulen und den jüngsten Jäger
Sein Hifthorn prüfen? Auf! Zu Pferd! Hinaus!
Hagen. Der Tag wird schön!
Siegfried. Und ward's euch nicht gesagt,
Daß sich die Bären in die Ställe wagen,
Und daß die Adler vor den Türen stehn,
Wenn man sie morgens öffnet, ob vielleicht
Ein Kind heraushüpft?
Volker. Ja, das kam schon vor.
Siegfried. Indes wir freiten, ward hier schlecht gejagt!
Kommt, werft den übermüt'gen Feind mit mir
Zurück und zehntet ihn.
Hagen. Mein Freund, wir müssen
Die Klingen schärfen und die Speere nageln.
Siegfried. Warum?
Hagen. Du hast in diesen letzten Tagen
Zu viel gekost, sonst wüßtest du es längst.
Siegfried. Ich rüste mich zum Abschied, wie ihr wißt!
Doch sprecht, was gibt's?
Hagen. Die Dänen und die Sachsen
Sind wieder unterwegs.
Siegfried. Sind denn die Fürsten
Gestorben, die uns schwuren?
Hagen. Oh, nicht doch,
Sie stehen an der Spitze.
Siegfried. Lüdegast
Und Lüdeger, die ich gefangennahm,
Und ohne Lösegeld entließ?
Gunther. Sie sagten
Uns gestern wieder ab.
Siegfried. Und ihren Boten,
In wieviel Stücke habt ihr ihn zerhauen?
Hat jeder Geier seinen Teil gehabt?
Hagen. So redest du?
Siegfried. Wer solchen Schlangen dient,
Der wird, wie sie, zertreten. Höll und Teufel,
Ich fühle meinen ersten Zorn! Ich glaubte
Schon oft zu hassen, doch ich irrte mich,

Ich liebte dann nur weniger. Ich kann
Nichts hassen, als den Treubruch, den Verrat,
Die Gleißnerei und all die feigen Laster,
Auf denen er herankriecht, wie die Spinne
Auf ihren hohlen Beinen. Ist es möglich,
Daß tapfre Männer, denn das waren sie,
Sich so beflecken konnten? Liebe Vettern,
Steht nicht so kalt herum und schaut auf mich,
Als ob ich raste oder klein und groß
Verwechselte! Uns allen ist bis jetzt
Kein Unglimpf widerfahren. Streicht die Rechnung
Gelassen durch bis auf den letzten Posten,
Nur diese zwei sind schuldig.

G i s e l h e r. Schändlich ist's,
Mir klingt es noch im Ohr, wie sie dich lobten,
Wann war denn dieser Bote da?

H a g e n. Du hast
Ihn gleichfalls nicht gesehn? Ei nun, er trollte
Sich rasch von dannen, als er fertig war,
Und sah sich nach dem Botenbrot nicht um.

S i e g f r i e d. Oh, pfui, daß ihr ihn für seine Frechheit
Nicht züchtigtet! Ein Rabe hätt' ihm dann
Die Augen ausgehackt und sie verächtlich
Vor seinen Herren wieder ausgespien;
Das war die einz'ge Antwort, die uns ziemte.
Hier gilt's ja keine Fehde, keinen Kampf
Nach Recht und Brauch, hier gilt es eine Jagd
Auf böse Tiere! Hagen, lächle nicht!
Mit Henkerbeilen sollten wir uns waffnen,
Anstatt mit unsren adeligen Klingen,
Und die sogar erst brauchen, da sie doch
Von Eisen sind und so dem Schwert verwandt,
Wenn zu dem Hundefang kein Strick genügt.

H a g e n. Wohl wahr!

S i e g f r i e d. Du spottest meiner, wie es scheint.
Das faß ich nicht, du brennst doch sonst so leicht!
Wohl weiß ich's, daß du älter bist, als ich,
Jetzt aber spricht die Jugend nicht aus mir
Und auch nicht der Verdruß, daß ich es war,
Der euch zur Milde riet. Mir deucht, ich stehe
Hier für die ganze Welt, und meine Zunge

Ruft, wie die Glocke zum Gebet, zur Rache
Und zum Gericht, was Mensch mit Menschen ist.

Gunther. So ist's.

Siegfried *(zu Hagen).*
Kennst du den Treubruch? Den Verrat?
Schau ihm ins Angesicht und lächle noch.
Du stellst dich ihm in ehrlich-offnem Streit
Und wirfst ihn nieder. Aber viel zu stolz,
Wenn nicht zu edel, um ihn zu vernichten,
Gibst du ihn wieder frei und reichst ihm selbst
Die Waffen dar, die er an dich verlor.
Er stößt sie nicht zurück und knirscht dich an,
Er dankt es dir, er rühmt und preist dich gar
Und schwört sich dir zum Mann mit tausend Eiden:
Doch wenn du, all den Honig noch im Ohr,
Dich nun aufs Lager müde niederstreckst
Und nackt und wehrlos daliegst, wie ein Kind,
So schleicht er sich heran und mordet dich,
Und spuckt vielleicht auf dich, indem du stirbst.

Gunther *(zu Hagen).* Was sagst du dazu?

Hagen *(zu Gunther).* Dieser edle Zorn
Macht mich so mutig, unsern Freund zu fragen,
Ob er uns abermals begleiten will.

Siegfried. Ich zieh allein mit meinen Nibelungen,
Denn ich bin schuld daran, daß diese Arbeit
Noch einmal kommt! So gern ich meiner Mutter
Mein Weib auch zeigte, um zum erstenmal
Ein volles Lob von ihr davonzutragen:
Es darf nicht sein, solange diese Heuchler
Noch Öfen haben, um sich Brot zu backen,
Und Brunnen, um zu trinken! Gleich bestell ich
Die Reise ab, und dies gelob ich euch:
Ich bringe sie lebendig, und sie sollen
Fortan vor meiner Burg in Ketten liegen
Und bellen, wenn ich komme oder geh,
Da sie nun einmal Hundeseelen sind! *(Eilt ab.)*

## DRITTE SZENE

Hagen. Er rennt in seiner Wut gewiß zu ihr,
Und wenn er fertig ist, so folg ich nach.

Gunther. Ich will nicht weiter gehn.
Hagen. Wie meinst du, König?
Gunther. Laß neue Boten kommen, die uns melden,
Daß alles wieder ruhig ist.
Hagen. Das wird
Sogleich geschehn, wenn ich bei Kriemhild war
Und das Geheimnis habe.
Gunther. Hast du denn
Metallne Eingeweide, daß du dich
Nicht auch erschüttert fühlst?
Hagen. Sprich deutlich, Herr,
Das kann ich nicht verstehn.
Gunther. Er soll nicht sterben.
Hagen. Er lebt, solange du's befiehlst! Und ständ ich
Im Wald schon hinter ihm, den Speer gezückt,
Du winkst, und statt des Frevlers stürzt ein Tier!
Gunther. Er ist kein Frevler! Konnte er dafür,
Daß er den Gürtel mitgenommen hatte,
Und daß Kriemhild ihn fand? Er ist ihm ja
Entfallen, wie ein Pfeil, der sitzenblieb,
Weil man's vergaß, sich nach dem Kampf zu schütteln,
Und den man selbst am Klirren erst bemerkt.
Sprich selbst, sprecht alle: Konnte er dafür?
Hagen.
Nein! Nein! Wer sagt's? Auch dafür konnt er nichts,
Daß ihm der Witz gebrach, sich auszureden,
Er ward gewiß schon beim Versuche rot.
Gunther. Nun denn? Was bleibt?
Hagen. Der Schwur der Königin!
Giselher. Sie töt ihn selber, wenn sie Blut verlangt.
Hagen. Wir streiten, wie die Kinder. Darf man denn
Nicht Waffen sammeln, wenn man auch nicht weiß,
Ob man sie jemals brauchen wird? Man forscht
Ein Land doch aus mit allen seinen Pässen,
Warum nicht einen Helden? Ich versuche
Mein Glück jetzt bei Kriemhild, und wär's auch nur,
Damit die schönste List, die wir erdachten,
Doch nicht umsonst ersonnen sei! Sie wird
Mir nichts verraten, wenn er selbst ihr nichts
Vertraut hat, und es steht ja ganz bei euch,
Ob ihr das nützen wollt, was ich erfahre;

Ihr könnt ja wirklich tun, wenn's euch gefällt,
Was ich nur heucheln will, und ihm im Krieg
Die Stelle decken, wo er sterblich ist,
Doch immer müßt Ihr wissen, wo sie sitzt. *(Ab.)*

## VIERTE SZENE

Giselher *(zu Gunther).*
Du bist von selbst zu Edelmut und Treue
Zurückgekehrt, sonst sagt ich: dieses Spiel
War keines Königs würdig!
Volker. Deinen Zorn
Begreift man leicht, du wurdest selbst getäuscht.
Giselher. Nicht darum. Doch ich will mit dir nicht streiten,
Es steht ja alles wieder gut.
Volker. Wie das?
Giselher. Wie das?
Volker. Ich hörte, daß die Königin
In Trauerkleidern geht und Trank und Speise
Verschmäht, sogar das Wasser.
Gunther. Leider! Ja.
Volker.
Wie steht's denn gut? Was Hagen sprach, ist wahr.
Sie scheint nicht angetan, um vor dem Hauch
Der Zeit, wie andre, wieder hinzuschmelzen,
Und darum bleibt's dabei: Er oder Sie!
Zwar hast du Recht, er ist nicht schuld daran,
Daß dieser Gürtel sich, wie eine Schlange,
Ihm anhing, nein, es ist ein bloßes Unglück,
Allein dies Unglück tötet, und du kannst
Nur noch entscheiden, wen es töten soll.
Giselher. So sterbe, was nicht leben will!
Gunther. Die Wahl
Ist fürchterlich.
Volker. Ich warnte dich vorher,
Die Straße zu betreten, aber jetzt
Ist dies das Ziel.
Dankwart. Und muß denn nicht ein jeder,
Nach unsrem Recht, auch für sein Unglück stehn?
Wer seinen besten Freund bei Nacht durchrennt,
Weil er die Lanze unvorsichtig trug,

Der kauft sich nicht mit seinen Tränen los,
So heiß und rasch sie ihm entströmen mögen,
Es gilt sein Blut.

Gunther. Ich geh einmal zu ihr. *(Ab.)*

FÜNFTE SZENE

Volker.
Dort kommt Kriemhild mit Hagen. Ganz verstört.
Wie er sich's dachte. Gehn wir auch!
*(Alle ab.)*

SECHSTE SZENE

*Hagen und Kriemhild treten auf.*

Hagen. So früh
Schon in der Halle?

Kriemhild. Ohm, ich halt es drinnen
Nicht länger aus.

Hagen. Wenn ich nicht irrte, ging
Dein Gatte eben von dir. Ganz erhitzt,
Als ob er zornig wäre. Ist der Friede
Noch zwischen euch nicht wiederhergestellt?
Will er vielleicht sein Mannesrecht mißbrauchen?
Sag's mir, so rede ich mit ihm.

Kriemhild. O nein!
Wenn mich nichts andres an den bösen Tag
Mehr mahnte, wär er schon ein Traum für mich:
Mein Gatte hat mir jedes Wort erspart!

Hagen. Mich freut's, daß er so mild ist.

Kriemhild. Lieber hätt' ich's,
Wenn er mich schölte, doch er mag wohl wissen,
Daß ich es selber tu!

Hagen. Nur nicht zu hart!

Kriemhild.
Ich weiß, wie schwer ich sie gekränkt, und werde
Mir's nie vergeben, ja, ich möchte eher,
Daß ich's erlitten hätte, als getan.

Hagen. Und treibt dich das so früh aus deiner Kammer?

Kriemhild. Das? Nein! Das triebe eher mich hinein!
Mich quält die Angst um ihn.

Hagen. Die Angst um ihn?
Kriemhild. Es gibt ja wieder Streit.
Hagen. Ja, das ist wahr.
Kriemhild. Die falschen Buben!
Hagen. Sei nicht gleich so bös,
Daß du im Packen unterbrochen wirst!
Fahr ruhig fort und laß dich gar nicht stören,
Du legst nachher den Panzer oben auf.
Was schwatz ich da! Er trägt nicht einmal einen
Und hat's ja auch nicht nötig.
Kriemhild. Glaubst du das?
Hagen. Fast möcht ich lachen. Wenn ein andres Weib
So greinte, spräch ich: Kind, von tausend Pfeilen
Kommt einer nur auf ihn, und der zerbricht!
Doch deiner muß ich spotten und dir raten:
Fang eine Grille ein, die klüger singt!
Kriemhild. Du sprichst von Pfeilen! Pfeile eben sind's,
Die ich so fürchte. Eines Pfeiles Spitze
Braucht höchstens meines Daumennagels Raum
Um einzudringen, und er tötet auch.
Hagen. Besonders, wenn man ihn vergiftet hat,
Und diese Wilden, die den Damm durchstachen,
Wohinter wir uns alle angebaut,
Und den wir selbst im Krieg noch heilig halten,
Sind wohl imstande, dies, wie das, zu tun.
Kriemhild. Du siehst!
Hagen. Was geht das deinen Siegfried an?
Er ist ja fest. Und wenn es Pfeile gäbe,
Die sichrer, wie die Sonnenstrahlen, träfen,
Er schüttelte sie ab, wie wir den Schnee!
Das weiß er auch, und dies Gefühl verläßt
Ihn keinen Augenblick im Kampf. Er wagt,
Was uns, die wir doch auch nicht unter Espen
Geboren wurden, fast zum Zittern bringt.
Wenn er's bemerkt, so lacht er, und wir lachen
Von Herzen mit. Das Eisen kann ja ruhig
Ins Feuer gehn: es kommt als Stahl heraus.
Kriemhild. Mich schaudert!
Hagen. Kind, du bist zu kurz vermählt,
Sonst freut ich mich, daß du so schreckhaft bist.
Kriemhild. Hast du's vergessen, oder weißt du nicht,

Was doch in Liedern schon gesungen wird,
Daß er an einem Fleck verwundbar ist?
Hagen. Das hatt' ich ganz vergessen, es ist wahr,
Allein ich weiß, er sprach uns selbst davon.
Es war von irgendeinem Blatt die Rede,
Doch frag ich mich umsonst, in welchem Sinn.
Kriemhild. Von einem Lindenblatt.
Hagen. Jawohl! Doch sprich:
Wie hat ein Lindenblatt ihm schaden können?
Das ist ein Rätsel, wie kein zweites mehr.
Kriemhild. Ein rascher Windstoß warf's auf ihn herab,
Als er sich salbte mit dem Blut des Drachen,
Und wo es sitzenblieb, da ist er schwach.
Hagen. So fiel es hinten, weil er's nicht bemerkte! –
Was tut's! Du siehst, daß deine nächsten Vettern,
Ja, deine Brüder, die ihn schützen würden,
Wenn nur ein Schatten von Gefahr ihn streifte,
Den Fleck nicht kennen, wo er sterblich ist:
Was fürchtest du? Du marterst dich um nichts.
Kriemhild. Ich fürchte die Valkyrien! Man sagt,
Daß sie sich stets die besten Helden wählen,
Und zielen die, so trifft ein blinder Schütz.
Hagen. Da wär ihm denn ein treuer Knappe nötig,
Der ihm den Rücken deckte. Meinst du nicht?
Kriemhild. Ich würde besser schlafen.
Hagen. Nun, Kriemhild!
Wenn er – du weißt, er war schon nah daran –
Aus schwankem Nachen in den tiefen Rhein
Hinunterstürzte und die Rüstung ihn
Hernieder zöge zu den gier'gen Fischen,
So würde ich ihn retten oder selbst
Zu Grunde gehn.
Kriemhild. So edel denkst du, Ohm?
Hagen. So denk ich! Ja! – Und wenn der rote Hahn
Bei dunkler Nacht auf seine Burg sich setzte,
Und er, schon vorm Erwachen halb erstickt,
Den Weg nicht fände, der ins Freie führt,
Ich trüge ihn heraus auf meinen Armen,
Und glückt' es nicht, so würden zwei verkohlt.
Kriemhild *(will ihn umarmen).*
Dich muß ich –

Hagen *(wehrt ab).* Laß. Doch schwör ich's, daß ich's täte.
Nur setze ich hinzu: seit kurzem erst!
Kriemhild. Er ist seit kurzem erst dein Blutsverwandter!
Und hab ich dich verstanden? Wolltest du,
du selbst? –
Hagen. So meint ich's! Ja! Er kämpft für mich
Und tritt das kleinste von den tausend Wundern
Mir ab, die er vollbringt, sobald er zieht,
Ich aber schirme ihn!
Kriemhild. Das hätt' ich nie
Von dir gehofft!
Hagen. Nur mußt du mir den Fleck
Bezeichnen, daß ich's kann.
Kriemhild. Ja, das ist wahr!
Hier! In der Mitte zwischen beiden Schultern!
Hagen. In Scheibenhöhe!
Kriemhild. Ohm, Ihr werdet doch
An ihm nicht rächen, was nur ich verbrach?
Hagen. Was träumst du da.
Kriemhild. Es war die Eifersucht,
Die mich verblendete, sonst hätt' ihr Prahlen
Mich nicht so aufgebracht!
Hagen. Die Eifersucht!
Kriemhild.
Ich schäme mich! Doch wenn's auch in der Nacht
Bei Schlägen blieb, und glauben will ich's ja,
Selbst seine Schläge gönnte ich ihr nicht!
Hagen. Nun, nun, sie wird's vergessen.
Kriemhild. Ist es wahr,
Daß sie nicht ißt und trinkt?
Hagen. Sie fastet immer
Um diese Zeit. Es ist die Nornenwoche,
Die man in Isenland noch heilig hält.
Kriemhild. Es sind drei Tage schon!
Hagen. Was kümmert's uns?
Nichts mehr. Man kommt.
Kriemhild. Und? –
Hagen. Scheint es dir nicht gut,
Ihm aufs Gewand ein feines Kreuz zu sticken?
Das Ganze ist zwar töricht, und er würde
Dich arg verhöhnen, wenn du's ihm erzähltest,

Doch da ich nun einmal sein Wächter bin,
So möcht ich nichts versehn.
Kriemhild. Ich werd es tun!
*(Schreitet Ute und dem Kaplan entgegen.)*

SIEBENTE SZENE

Hagen *(ihr nach).*
Nun ist dein Held nur noch ein Wild für mich!
Ja, hätt' er Strich gehalten, wär er sicher,
Doch wußt ich wohl, es werde nicht geschehn.
Wenn man durchsichtig ist, wie ein Insekt,
Das rot und grün erscheint, wie seine Speise,
So muß man sich vor Heimlichkeiten hüten,
Denn schon das Eingeweide schwatzt sie aus! *(Ab.)*

ACHTE SZENE

*Ute und der Kaplan treten auf.*

Kaplan. Es gibt dafür kein Bild auf dieser Welt!
Ihr wollt vergleichen, und Ihr wollt begreifen,
Doch hier gebricht's am Zeichen, wie am Maß.
Werft Euch vor Gott darnieder im Gebet,
Und wenn Ihr in Zerknirschung und in Demut
Euch selbst verliert, so werdet Ihr vielleicht,
Und wär's nur für so lange, als der Blitz
Auf Erden weilt, zum Himmel aufgezückt.
Ute. Kann das geschehn?
Kaplan. Der heil'ge Stephanus
Sah, als das grimmentbrannte Volk der Juden
Ihn steinigte, des Paradieses Tore
Schon offenstehn und jubelte und sang.
Sie warfen ihm den armen Leib zusammen,
Ihm aber war's, als rissen all die Mörder,
Die ihn in blinder Wut zu treffen dachten,
Nur Löcher in sein abgeworfnes Kleid.
Ute *(zu Kriemhild, die sich hinzugesellt hat).*
Merk auf, Kriemhild!
Kriemhild. Ich tu's.
Kaplan. Das war die Kraft
Des Glaubens! Lernt nun auch den Fluch

Des Zweifels kennen! Petrus, der das Schwert
Der Kirche trägt, und ihre Schlüssel führt,
Erzog sich einen Jünger, welchen er
Vor allen liebte. Dieser stand einmal
Auf einem Felsen, den das wilde Meer
Umbrauste und bespülte. Da gedacht er
Der Zuversicht, mit der sein Herr und Meister
Auf unsres Heilands ersten Wink das Schiff
Verließ und festen Schritts die See betrat,
Die ihn bedrohte mit dem sichren Tod.
Ein Schwindel faßte ihn bei dem Gedanken
An diese Probe, und das Wunder schien
Ihm so unmöglich, daß er eine Zacke
Des Felsens packte, um nur nicht zu fallen,
Und ausrief: Alles, alles, nur nicht dies!
Da blies der Herr, und plötzlich schmolz der Stein
Zu seinen Füßen ein, er sank und sank
Und schien verloren, und vor Furcht und Grauen
Sprang er hinunter in die offne Flut.
Doch diese hatte, von demselben Hauch
Des Ew'gen still getroffen, sich verfestigt,
Sie trug ihn, wie die Erde mich und Euch,
Und reuig sprach er: Herr, das Reich ist dein!
Ute. In Ewigkeit!
Kriemhild. So bete, frommer Vater,
Daß er, der Stein und Wasser so verwandelt,
Auch meinen Siegfried schützt. Für jedes Jahr,
Das mir beschieden wird an seiner Seite,
Erbau ich einem Heil'gen den Altar. *(Ab.)*
Kaplan. Du staunst das Wunder an. Laß dir noch sagen,
Wie ich zu meiner Priesterkutte kam.
Ich bin vom Stamm der Angeln, und als Heide
Geboren unter einem Volk von Heiden.
Wild wuchs ich auf, und ward mit funfzehn Jahren
Schon mit dem Schwert umgürtet. Da erschien
Der erste Bote Gottes unter uns.
Er ward verhöhnt, verspottet und zuletzt
Getötet. Königin, ich stand dabei
Und gab ihm, von den andern angetrieben,
Mit dieser Hand, die ich seitdem nicht brauche,
Obgleich der Arm nicht lahm ist, wie Ihr glaubt,

Den letzten Schlag. Da hört ich sein Gebet.
Er betete für mich, und mit dem Amen
Verhaucht' er seinen Geist. Das wandte mir
Das Herz im Busen um. Ich warf mein Schwert
Zu Boden, hüllte mich in sein Gewand
Und zog hinaus und predigte das Kreuz.

Ute. Dort kommt mein Sohn! Oh, daß es dir gelänge,
Den Frieden, welcher ganz von hier entwich,
Zurückzuführen!

*(Beide ab.)*

## NEUNTE SZENE

*Gunther tritt mit Hagen und den andern auf.*

Gunther. Wie ich euch gesagt:
Sie rechnet auf die Tat, wie wir auf Äpfel,
Wenn's Herbst geworden ist. Die Alte hat,
Um sie zu reizen, hundert Weizenkörner
In ihrer Kammer still herumgestreut:
Sie liegen unberührt.

Giselher. Wie ist es möglich,
Daß sie so Leben gegen Leben setzt?

Hagen. So möcht ich selber fragen.

Gunther. Und dabei
Kein Treiben und kein Drängen, wie's bei Dingen,
Die doch an Ort und Zeit und Menschenwillen
Gebunden sind, natürlich ist, kein Fragen,
Kein Wechsel in den Zügen, nur Verwundrung,
Daß man den Mund noch öffnet und nicht meldet:
Es ist vollbracht!

Hagen. So sage ich dir eins:
Sie liegt in seinem Bann, und dieser Haß
Hat seinen Grund in Liebe!

Gunther. Meinst du's auch?

Hagen. Doch ist's nicht Liebe, wie sie Mann und Weib
Zusammenknüpft.

Gunther. Was dann?

Hagen. Ein Zauber ist's,
Durch den sich ihr Geschlecht erhalten will,
Und der die letzte Riesin ohne Lust,
Wie ohne Wahl, zum letzten Riesen treibt.

Gunther. Was ändert das?
Hagen. Den löst man durch den Tod!
Ihr Blut gefriert, wenn seins erstarrt, und er
War dazu da, den Lindwurm zu erschlagen
Und dann den Weg zu gehn, den dieser ging.
*(Man hört Tumult.)*
Gunther. Was ist denn das?
Hagen. Das sind die falschen Boten,
Die Dankwart hetzt. Er macht es gut, nicht wahr?
Auch der wird's hören, der gerade küßt!

## ZEHNTE SZENE

*Siegfried kommt; als Hagen ihn bemerkt.*

Hagen. Bei Höll und Teufel: Nein! und zehnmal: Nein!
Es wäre Schmach für uns, und Siegfried denkt
Gewiß, wie ich. Da kommt er eben her.
Nun sprich, du magst entscheiden!
*(Als Dankwart auftritt.)* Freilich ändert
Dein Wort nichts mehr, die Antwort ist gegeben,
*(zu Dankwart)* Du hast die Peitsche sicher nicht geschont?
*(Zu Siegfried.)* Doch setze immerhin dein Siegel bei!
Siegfried. Was gibt's?
Hagen. Die Hunde bitten jetzt aufs neue
Um Frieden, doch ich ließ die lump'gen Boten
Vom Hof herunter hetzen, ehe sie
Noch ausgesprochen hatten.
Siegfried. Das war recht!
Hagen. Der König schilt mich zwar, er meint, man könne
Nicht wissen, was geschehn –
Siegfried. Nicht wissen! Ha! –
Ich weiß es, ich! Packt einen Wolf von hinten,
So gibt er Ruh von vorn!
Hagen. Das wird es sein!
Siegfried. Was sonst! Es wimmelt ja in ihrem Rücken
Von wilden Stämmen. Nun, die säen nicht
Und wollen dennoch ernten.
Hagen. Seht ihr's nun?
Siegfried.
Nur werdet ihr den Wolf nicht schonen wollen,
Weil er nicht grade Zeit hat, sich zu wehren –

H a g e n. Gewiß nicht.
S i e g f r i e d. Stehen wir den Füchsen bei
Und treiben ihn ins letzte Loch hinein,
In ihren Magen, mein ich!
H a g e n. Tun wir das,
Doch scheint's nicht nötig, daß wir uns erhitzen,
Drum rat ich heut zur Jagd.
G i s e l h e r. Ich zieh nicht mit.
G e r e n o t. Ich wahrlich auch nicht.
S i e g f r i e d. Seid ihr jung und keck
Und wollt von einer Jagd zu Hause bleiben?
Mich hätt' man binden müssen, und ich hätte
Den Strick noch abgenagt. O Jägerlust!
Ja, wenn man singen könnte!
H a g e n. Ist's dir recht?
S i e g f r i e d.
Recht? Freund, ich bin so voll von Wut und Groll,
Daß ich mit einem jeden zanken möchte,
Drum muß ich Blut sehn.
H a g e n. Mußt du? Nun, ich auch!

## EILFTE SZENE

*Kriemhild kommt.*

K r i e m h i l d. Ihr geht zur Jagd?
S i e g f r i e d. Jawohl! Bestell dir gleich
Den Braten!
K r i e m h i l d. Teurer Siegfried, bleib daheim.
S i e g f r i e d.
Mein Kind, eins kannst du nicht zu früh erfahren,
Man bittet einen Mann nicht: bleib daheim!
Man bittet: nimm mich mit!
K r i e m h i l d. So nimm mich mit!
H a g e n. Das wird nicht gehn!
S i e g f r i e d. Warum nicht? Wenn sie's wagt?
Es wird ja wohl das erstemal nicht sein!
Den Falken her! Ihr, was da fliegt, und uns,
Was hüpft und springt. Das gibt die beste Lust.
H a g e n. Die eine sitzt voll Scham in ihrer Kammer,
Die andre zöge in den Wald hinaus?
Es wär, wie Hohn!

Siegfried. Das hab ich nicht bedacht.
Jawohl, es kann nicht sein.
Kriemhild. So wechsle nur
Das Kleid!
Siegfried. Noch einmal? Jeden deiner Wünsche
Erfüll ich, keine Grille.
Kriemhild. Du bist herb.
Siegfried. Laß mich hinaus! Die Luft nimmt alles weg,
Und morgen abend bitte ich dir ab!
Hagen. So kommt!
Siegfried. Jawohl. Nur noch den Abschiedskuß.
*(Er umarmt Kriemhild.)*
Du sträubst dich nicht? Du sagst nicht: morgen abend!
Wie ich? Das nenn ich edel.
Kriemhild. Kehr zurück!
Siegfried. Ein wunderlicher Wunsch! Was hast du nur?
Ich zieh hinaus mit lauter guten Freunden,
Und wenn die Berge nicht zusammenbrechen
Und uns bedecken, kann uns nichts geschehn!
Kriemhild. O weh! Gerade das hat mir geträumt.
Siegfried. Mein Kind, sie stehen fest.
Kriemhild *(umschließt ihn nochmals).* Kehr nur zurück!
*(Die Recken ab.)*

## ZWÖLFTE SZENE

Kriemhild. Siegfried!
Siegfried *(wird noch einmal sichtbar).*
Was ist?
Kriemhild. Wenn du nicht zürnen wolltest –
Hagen *(folgt Siegfried rasch).*
Nun, hast du deine Spindel schon?
Siegfried *(zu Kriemhild).* Du hörst,
Daß sich die Hunde nicht mehr halten lassen,
Was soll ich?
Hagen. Warte doch auf deinen Flachs!
Du sollst im Mondschein mit den Druden spinnen.
Kriemhild.
Geht! Geht! Ich wollte dich nur noch mal sehn!
Hagen und Siegfried *(ab).*

## DREIZEHNTE SZENE

K r i e m h i l d. Ich finde nicht den Mut, es ihm zu sagen,
Und rief ich ihn noch zehnmal wieder um.
Wie kann man tun, was man sogleich bereut!

## VIERZEHNTE SZENE

*Gerenot und Giselher treten auf.*

K r i e m h i l d.
Ihr noch nicht fort? Die schickt mir Gott hieher!
Ihr lieben Brüder, laßt euch herzlich bitten,
Gewährt mir einen Wunsch, und wenn er euch
Auch töricht scheint. Begleitet meinen Herrn
Auf Schritt und Tritt und bleibt ihm stets im Rücken.
G e r e n o t. Wir gehn nicht mit, wir haben keine Lust.
K r i e m h i l d. Ihr keine Lust!
G i s e l h e r. Wie sprichst du? Keine Zeit!
Es gibt so viel für diesen Zug zu ordnen.
K r i e m h i l d. Und eure Jugend ward damit betraut?
Wenn ich euch teuer bin, wenn ihr es nicht
Vergessen habt, daß eine Milch uns nährte,
So reitet nach.
G i s e l h e r. Sie sind ja längst im Wald.
G e r e n o t. Und einer deiner Brüder ist ja mit.
K r i e m h i l d. Ich bitte euch!
G i s e l h e r. Wir müssen Waffen mustern,
Du wirst es sehn. *(Will gehen.)*
K r i e m h i l d. So sagt mir nur noch eins:
Ist Hagen Siegfrieds Freund?
G e r e n o t. Warum denn nicht?
K r i e m h i l d. Hat er ihn je gelobt?
G i s e l h e r. Er lobt ja schon,
Wenn er nicht tadelt, und ich hörte nie,
Daß er ihn tadelte.

*(Beide ab.)*

K r i e m h i l d. Dies ängstigt mich
Noch mehr, als alles andre. Die nicht mit!

### FUNFZEHNTE SZENE

*Frigga tritt auf.*

Kriemhild. Du, Alte? Suchst du mich?
Frigga. Ich suche niemand.
Kriemhild. So willst du etwas für die Königin?
Frigga. Auch nicht. Die braucht nichts.
Kriemhild. Nichts und immer nichts!
Kann sie denn nicht verzeihn?
Frigga. Ich weiß es nicht!
Sie hatte keinen Anlaß, es zu zeigen,
Sie wurde nie gekränkt! Ich hörte Hörner,
Gibt's heute Jagd?
Kriemhild. Hast du sie wohl bestellt?
Frigga. Ich! – Nein! *(Ab.)*

### SECHZEHNTE SZENE

Kriemhild. O hätte ich's ihm doch gesagt!
Du teurer Mann, du hast kein Weib gekannt,
Jetzt seh ich's wohl! Sonst hättst du nimmermehr
Dem zitternden Geschöpf, das sich aus Furcht
Verrät, ein solch Geheimnis anvertraut!
Noch höre ich den Scherz, mit welchem du's
Mir in die Ohren flüstertest, als ich
Den Drachen pries! Ich ließ dich schwören,
Es keinem Menschen weiter zu entdecken,
Und jetzt – ihr Vögel, die ihr mich umkreist,
Ihr weißen Tauben, die ihr mich begleitet,
Erbarmt euch meiner, warnt ihn, eilt ihm nach! *(Ab.)*

## FÜNFTER AKT

*Odenwald*

### ERSTE SZENE

*Hagen, Gunther, Volker, Dankwart und Knechte treten auf.*

Hagen. Dies ist der Ort. Den Brunnen hört ihr rauschen,
Die Büsche decken ihn. Und steh ich hier,

So spieß ich jeden, der sich bückt und trinkt,
An das Gemäuer.
G u n t h e r. Noch befahl ich's nicht.
H a g e n. Du wirst es tun, wenn du dich recht bedenkst,
Es gibt kein andres Mittel, und es kommt
Kein zweiter Tag, wie dieser. Darum sprich,
Und wenn du lieber willst, so schweig!
*(Zu den Knechten.)* Holla!
Hier ist die Rast!
*(Die Knechte ordnen ein Mahl.)*
G u n t h e r. Du warst ihm immer gram.
H a g e n. Nicht leugnen will ich's, daß ich meinen Arm
Mit Freuden leihe und mit einem jeden
Erst kämpfen würde, der sich zwischen mich
Und ihn zu drängen suchte, doch ich halte
Die Tat darum nicht minder für gerecht.
G u n t h e r. Und dennoch rieten meine Brüder ab
Und wandten uns den Rücken.
H a g e n. Hatten sie
Zugleich den Mut, zu warnen und zu hindern?
Sie fühlen's wohl, daß wir im Rechte sind,
Und schaudern nur, wie's ihrer Jugend ziemt,
Vor Blut, das nicht im offnen Kampfe fließt.
G u n t h e r. Das ist's!
H a g e n. Er hat den Tod ja abgekauft
Und so den Mord geadelt.
*(Zu den Knechten.)* Stoßt ins Horn,
Daß man sich sammelt, denn wir müssen ja
Erst essen.
*(Es wird geblasen.)*
Nimm die Dinge, wie sie stehn,
Und laß mich machen. Fühlst du selbst dich nicht
Gekränkt und willst vergeben, was geschehn,
So tu's, nur wehre deinem Diener nicht,
Dein Heldenweib zu rächen und zu retten!
Sie wird den Eid nicht brechen, den sie schwur,
Wenn ihre stille Zuversicht auf uns
Sie täuscht, daß wir ihn lösen werden,
Und alle Lust des Lebens, die sich wieder
In ihren jungen Adern regen mag,
Sobald die Todesstunde sie umschattet,

Wird sich nur noch in einem Fluch entladen,
In einem letzten Fluche über dich!
Gunther. Es ist noch Zeit!

ZWEITE SZENE

*Siegfried tritt auf mit Rumolt und mit Knechten.*

Siegfried. Da bin ich! Nun, ihr Jäger,
Wo sind die Taten? Meine würden mir
Auf einem Wagen folgen, doch er ist
Zerbrochen!
Hagen. Nur den Löwen jag ich heut,
Allein, ich traf ihn nicht.
Siegfried. Das glaub ich wohl,
Ich hab ihn selbst erlegt! – Da wird gedeckt:
Ein Tusch für den, der das geordnet hat,
Jetzt spürt man, daß man's braucht. Verfluchte Raben,
Auch hier? Laßt blasen, daß die Hörner springen!
Mit jeglichem Getiere warf ich schon
Nach diesem Schwarm, zuletzt mit einem Fuchs,
Allein sie weichen nicht, und dennoch ist
Mir nichts im frischen Grün so widerwärtig,
Als solch ein Schwarz, das an den Teufel mahnt.
Daß sich die Tauben nie so um mich sammeln!
Hier bleiben wir wohl auch die Nacht?
Gunther. Wir dachten –
Siegfried. Ei wohl, der Platz ist gut gewählt. Dort klafft
Ein hohler Baum! Den nehm ich gleich für mich!
Denn so bin ich's von Jugend auf gewohnt,
Und Beßres kenn ich nicht, als eine Nacht,
Den Kopf ins mürbe Glimmholz eingewühlt,
So zwischen Schlaf und Wachen zu verdämmern
Und an den Vögeln, wie sie ganz allmählich,
Der eine nach dem andern, munter werden,
Die Stunden abzuzählen. Tick, Tick, Tick!
Nun ist es zwei. Tuck, Tuck! Man muß sich recken.
Kiwitt, Kiwitt! Die Sonne blinzelt schon,
Gleich öffnet sie die Augen. Kikriki!
Springt auf, wenn ihr nicht niesen wollt.
Volker. Jawohl!
Es ist, als ob die Zeit sie selber weckte,

Indem sie sich im Dunkeln weiter fühlt,
Um ihr den Takt zu ihrem Gang zu schlagen.
Denn in gemeßnen Pausen, wie der Sand
Dem Glas entrinnt, und wie der lange Schatten
Des Sonnenweisers fortkriecht, folgen sich
Der Auerhahn, die Amsel und die Drossel
Und keiner stört den andern, wie bei Tage,
Und lockt ihn einzufallen, eh er darf.
Ich hab es oft bemerkt.
Siegfried. Nicht wahr? – Du bist
Nicht fröhlich, Schwäher.
Gunther. Doch, ich bin's!
Siegfried. O nein!
Ich sah schon Leute auf die Hochzeit gehn
Und hinter Särgen schreiten, und ich kann
Die Mienen unterscheiden. Macht's, wie ich,
Und tut, als hätten wir uns nie gekannt,
Und uns zum ersten Mal, der eine so,
Der andre so versehn, im Wald getroffen.
Da schüttet man zusammen, was man hat,
Und teilt mit Freuden mit, um zu empfangen.
Wohlan, ich bringe Fleisch von allen Sorten,
So gebt mir denn für einen Auerstier,
Fünf Eber, dreißig oder vierzig Hirsche
Und soviel Hühner, als ihr sammeln mögt,
Des Löwen und der Bären nicht zu denken,
Nur einen einz'gen Becher kühlen Weins.
Dankwart. O weh!
Siegfried. Was gibt's?
Hagen. Das Trinken ist vergessen.
Siegfried. Ich glaub's. Das kann dem Jäger wohl begegnen,
Der statt der Zunge eine Feuerkohle
Im Munde trägt, wenn's Feierabend ist.
Ich soll nur selber suchen, wie ein Hund,
Obwohl mir seine Nase leider mangelt,
Es sei darum, ich störe keinen Spaß. *(Er sucht.)*
Hier nicht! Auch dort nicht! Nun, wo steckt das Faß?
Ich bitt dich, Spielmann, rette mich, sonst werd ich
Euch aus dem lautesten der stillste Mann.
Hagen. Das könnte kommen, denn – Es fehlt am Wein.
Siegfried. Zum Teufel eure Jagden, wenn ich nicht

Als Jäger auch gehalten werden soll!
Wer hatte denn für das Getränk zu sorgen?
Hagen. Ich! – Doch ich wußte nicht, wohin es ging,
Und schickt es in den Spessart, wo's vermutlich
An Kehlen mangelt.
Siegfried. Danke dir, wer mag!
Gibt's hier denn auch kein Wasser? Soll man sich
Am Tau des Abends letzen und die Tropfen
Der Blätter lecken?
Hagen. Halt nur erst den Mund,
So wird das Ohr dich trösten!
Siegfried *(horcht).* Ja, es rauscht!
Willkommen, Strahl! Ich liebe dich zwar mehr,
Wenn du, anstatt so kurz vom Stein heraus
Zu quellen und mir in den Mund zu springen,
Den krausen Umweg durch die Rebe nimmst,
Denn du bringst vieles mit von deiner Reise,
Was uns den Kopf mit muntrer Torheit füllt,
Doch sei auch so gepriesen. *(Er geht auf den Brunnen zu.)*
Aber nein,
Erst will ich büßen, und ihr sollt's bezeugen,
Daß ich's getan. Ich bin der Durstigste
Von allen, und ich will als letzter trinken,
Weil ich ein wenig hart mit Kriemhild war.
Hagen. So fang ich an. *(Er geht zum Brunnen.)*
Siegfried *(zu Gunther).* Erheitre dein Gesicht,
Ich hab ein Mittel, Brunhild zu versöhnen,
Du hast es nicht mehr weit zum ersten Kuß,
Und ich will mich enthalten, wie du selbst.
Hagen *(kommt wieder und entwaffnet sich).*
Man muß sich bücken, und das geht nicht so. *(Wieder ab.)*
Siegfried. Kriemhild will sie vor allem deinem Volk,
Bevor wir ziehen, um Verzeihung bitten,
Das hat sie frei gelobt, nur will sie gleich
Mit dem Erröten fort.
Hagen *(kommt wieder).* So kalt, wie Eis.
Siegfried. Wer folgt?
Volker. Wir essen erst.
Siegfried. Wohlan!
*(Er geht auf den Brunnen zu, kehrt aber wieder um.)* Ja so!
*(Er entwaffnet sich und geht.)*

Hagen *(auf die Waffen deutend)*. Hinweg damit.
Dankwart *(trägt die Waffen fort)*.
Hagen *(der seine Waffen wieder aufgenommen und Gunther fortwährend den Rücken zugewendet hat, nimmt einen Anlauf und wirft seinen Speer)*.
Siegfried *(schreit auf)*. Ihr Freunde!
Hagen *(ruft)*. Noch nicht still?
*(Zu den andern.)* Kein Wort mit ihm, was er auch sagen mag!
Siegfried *(kriecht herein)*.
Mord! Mord! – Ihr selbst? Beim Trinken! Gunther, Gunther,
Verdient ich das um dich? Ich stand dir bei
In Not und Tod.
Hagen. Haut Zweige von den Bäumen,
Wir brauchen eine Bahre. Aber starke,
Ein toter Mann ist schwer. Rasch!
Siegfried. Ich bin hin,
Doch noch nicht ganz!
*(Er springt auf.)* Wo ist mein Schwert geblieben?
Sie trugen's fort. Bei deiner Mannheit, Hagen,
Dem toten Mann ein Schwert! Ich fordre dich
Noch jetzt zum Kampf heraus!
Hagen. Der hat den Feind
Im Mund und sucht ihn noch.
Siegfried. Ich tropfe weg,
Wie eine Kerze, die ins Laufen kam,
Und dieser Mörder weigert mir die Waffe,
Die ihn ein wenig wieder adeln könnte.
Pfui, pfui, wie feig! Er fürchtet meinen Daumen,
Denn ich bin nur mein Daumen noch.
*(Er strauchelt über seinen Schild.)* Mein Schild!
Mein treuer Schild, ich werf den Hund mit dir!
*(Er bückt sich nach dem Schilde, kann ihn aber nicht mehr heben und richtet sich taumelnd wieder auf.)*
Wie angenagelt! Auch für diese Rache
Ist's schon zu spät!
Hagen. Ha! wenn der Schwätzer doch
Die lose Zunge, die noch immer plappert,
Zermalmte mit den Zähnen, zwischen denen
Sie ungestraft so lange sündigte!
Da wär er gleich gerächt, denn die allein
Hat ihn so weit gebracht.

Siegfried. Du lügst! Das tat
Dein Neid!
Hagen. Schweig! Schweig!
Siegfried. Du drohst dem toten Mann?
Traf ich's so gut, daß ich dir wieder lebe?
Zieh doch, ich falle jetzt von selbst, du kannst
Mich gleich bespein, wie einen Haufen Staub,
Da lieg ich schon – *(Er stürzt zu Boden.)*
Den Siegfried seid ihr los!
Doch wißt, ihr habt in ihm euch selbst erschlagen,
Wer wird euch weiter traun! Man wird euch hetzen,
Wie ich den Dänen wollte –
Hagen. Dieser Tropf
Glaubt noch an unsre List!
Siegfried. So ist's nicht wahr?
Entsetzlich! Furchtbar! Kann der Mensch so lügen! –
Nun wohl! Da seid ihr's ganz allein! Man wird
Euch immer mit verfluchen, wenn man flucht,
Und sprechen: Kröten, Vipern und Burgunden!
Nein, ihr voran: Burgunden, Vipern, Kröten,
Denn alles ist für euch dahin, die Ehre,
Der Ruhm, der Adel, alles hin, wie ich!
Dem Frevel ist kein Maß, noch Ziel gesetzt,
Es kann der Arm sogar das Herz durchbohren,
Doch sicher ist es seine letzte Tat!
Mein Weib! Mein armes, ahnungsvolles Weib,
Wie wirst du's tragen! Wenn der König Gunther
Noch irgend Lieb und Treu zu üben denkt,
So üb er sie an dir! – Doch besser gehst du
Zu meinem Vater! – Hörst du mich, Kriemhild?
*(Er stirbt.)*
Hagen. Jetzt schweigt er. Aber jetzt ist's kein Verdienst!
Dankwart. Was sagen wir?
Hagen. Das Dümmste! Sprecht von Schächern,
Die ihn im Tann erschlugen. Keiner wird's
Zwar glauben, doch es wird auch keiner, denk ich,
Uns Lügner nennen! Wir stehn wieder da,
Wo niemand Rechenschaft von uns verlangt,
Und sind, wie Feuer und Wasser. Wenn der Rhein
Auf Lügen sinnt, warum er ausgetreten,
Ein Brand, warum er ausgebrochen ist,

Dann wollen wir uns quälen. Du, mein König,
Hast nichts befohlen, des erinnre dich,
Ich hafte ganz allein. Nun fort mit ihm!
*(Alle ab mit der Leiche.)*

## DRITTE SZENE

*Kriemhilds Gemach. Tiefe Nacht.*

K r i e m h i l d. Es ist noch viel zu früh, mich hat mein Blut
Geweckt und nicht der Hahn, den ich so deutlich
Zu hören glaubte.
*(Sie tritt zum Fenster und öffnet einen Laden.)*
Noch erlosch kein Stern,
Zur Messe ist's gewiß noch eine Stunde!
Heut sehn ich mich nach dem Gebet im Dom.

## VIERTE SZENE

*Ute tritt leise ein.*

U t e. Schon auf, Kriemhild?
K r i e m h i l d. Das wundert mich von dir.
Du pflegst ja erst des Morgens einzuschlafen
Und auf dein Mutterrecht, von deiner Tochter
Geweckt zu werden, wie sie einst von dir,
dich zu verlassen.
U t e. Heute konnt ich nicht,
Es war zu laut.
K r i e m h i l d. Hast du das auch bemerkt?
U t e. Ja, wie von Männern, wenn sie stille sind.
K r i e m h i l d. So irrt ich nicht.
U t e. Das hält den Odem an,
Doch dafür fällt das Schwert! Das geht auf Zehen
Und stößt den Ofen um! Das schweigt den Hund
Und tritt ihn auf den Fuß!
K r i e m h i l d. Sie sind vielleicht
Zurück.
U t e. Die Jäger?
K r i e m h i l d. Einmal kam's mir vor,
Als ob man bis an meine Tür sich schliche,
Da dacht ich, Siegfried sei's.

Ute. Und gabst du ihm
Ein Zeichen, daß du wachtest?
Kriemhild. Nein.
Ute. So kann
Er's auch gewesen sein! Nur wäre das
Doch fast zu schnell.
Kriemhild. So will's mich auch bedünken!
Auch hat er nicht geklopft.
Ute. Sie zogen ja,
So viel ich weiß, nicht für die Küche aus,
Sie wollen unsern Meiern Ruhe schaffen,
Die ihre Pflüge zu verbrennen drohn,
Weil stets der Eber erntet, wo sie sä'n!
Kriemhild. So?
Ute. Kind, du bist schon völlig angekleidet
Und hast nicht eine Magd um dich?
Kriemhild. Ich will
Die kennenlernen, die die Frühste ist,
Auch hat es mich zerstreut.
Ute. Ich hab sie alle
Der Reihe nach beleuchtet mit der Kerze.
Ein jedes Jahr schläft anders! Funfzehn, Sechzehn
Noch ganz, wie Fünf und Sechs. Mit Siebzehn kommen
Die Träume und mit Achtzehn die Gedanken,
Mit Neunzehn schon die Wünsche –

## FÜNFTE SZENE

Kämmerer *(vor der Tür schreit).* Heil'ger Gott!
Ute. Was ist's? Was gibt's?
Kämmerer *(tritt ein).* Ich wäre fast gefallen.
Ute. Und darum dies Geschrei?
Kämmerer. Ein toter Mann!
Ute. Wie? Was?
Kämmerer. Ein toter Mann liegt vor der Tür.
Ute. Ein toter Mann?
Kriemhild *(fällt um).*
So ist's auch mein Gemahl!
Ute *(sie auffangend).*
Unmöglich! *(Zum Kämmerer.)* Leuchte!
Kämmerer *(tut es und nickt dann).*

U t e. Siegfried? – Mord und Tod!
Auf, auf, was schläft!
K ä m m e r e r. Zu Hülfe!
*(Die Mägde stürzen herein.)*
U t e. Ärmstes Weib!
K r i e m h i l d *(sich erhebend).*
Das riet Brunhild, und Hagen hat's getan! –
Ein Licht!
U t e. Mein Kind! Er –
K r i e m h i l d *(ergreift eine Kerze).*
Ist's! Ich weiß, ich weiß!
Nur, daß man ihn nicht tritt. Du hörtest ja,
Die Kämmrer stolpern über ihn. Die Kämmrer!
Sonst wichen alle Kön'ge aus.
U t e. So gib.
K r i e m h i l d. Ich setz es selber hin.
*(Sie stößt die Tür auf und fällt zu Boden.)*
O Mutter, Mutter,
Warum gebarst du mich! – du teures Haupt,
Ich küsse dich und such nicht erst den Mund,
Jetzt ist er überall. Du kannst nicht wehren,
Sonst tätest du's vielleicht, denn diese Lippen – –
Es tut zu weh.
K ä m m e r e r. Sie stirbt.
U t e. Ich könnt ihr wünschen,
Es wäre so!

SECHSTE SZENE

*Gunther kommt mit Dankwart, Rumolt, Giselher und Gerenot.*

U t e *(Gunther entgegen).* Mein Sohn, was ist geschehn?
G u n t h e r. Ich möchte selber weinen. Doch wie habt
Ihr's schon erfahren? Durch den heil'gen Mund
Des Priesters sollte euch die Kunde werden,
Ich trug's ihm in der Nacht noch auf.
U t e *(mit einer Handbewegung).* Du siehst,
Der arme Tote meldete sich selbst!
G u n t h e r *(heimlich zu Dankwart).*
Wie ging das zu?
D a n k w a r t. Mein Bruder trug ihn her!
G u n t h e r. O pfui!

Dankwart. Er war davon nicht abzubringen,
Und als er wiederkehrte, lacht er auf:
Dies ist mein Dank für seinen Abschiedsgruß.

SIEBENTE SZENE

Kaplan *(tritt ein).*
Gunther *(ihm entgegen).*
Zu spät!
Kaplan. Und solch ein Mann im Tann erschlagen!
Dankwart. Der Zufall hat des Schächers Speer gelenkt,
Daß er die Stelle traf. So können Riesen
Durch Kinder fallen.
Ute *(fortwährend mit den Mägden um Kriemhild beschäftigt).* Steh nun auf, Kriemhild!
Kriemhild. Noch eine Trennung? Nein! Ich faß ihn so,
Daß ihr mich mit begraben, oder mir
Ihn lassen müßt. Ich hab den Lebenden
Nur halb umarmt, das lern ich jetzt am Toten.
O wär es umgekehrt! Ich küßt ihn noch
Nicht einmal auf die Augen! Alles neu!
Wir glaubten, Zeit zu haben.
Ute. Komm, mein Kind!
Er kann doch nicht im Staub so liegen bleiben.
Kriemhild. Oh, das ist wahr! Was reich und köstlich ist,
Muß heute wohlfeil werden.
*(Sie steht auf.)* Hier die Schlüssel!
*(Sie wirft Schlüssel von sich.)*
Es gibt ja keinen Festtag mehr! Die Seide,
Die goldnen Prachtgewänder und das Linnen,
Bringt alles her! Vergeßt die Blumen nicht,
Er liebte sie! Reißt alle, alle ab,
Sogar die Knospen derer, die erst kommen,
Wem blühten sie wohl noch! Das tut hinein
In seinen Sarg, mein Brautkleid ganz zu oben,
Und legt ihn sanft darauf, dann mach ich so
*(sie breitet die Arme aus)*
Und deck ihn mit mir selber zu!
Gunther *(zu den Seinigen).* Ein Eid!
Ihr tut kein Mensch mehr weh.
Kriemhild *(wendet sich).* Die Mörder da?

Hinweg! Damit er nicht aufs neue blute!
Nein! Nein! Heran!
*(Sie faßt Dankwart.)* Damit er für sich zeuge!
*(Sie wischt sich die Hand am Kleide ab.)*
O pfui, nun darf ich ihn mit meiner Rechten
Nicht mehr berühren! Kommt das arme Blut?
Mutter, sieh hin! Ich kann nicht! Nein? So sind's
Nur noch die Hehler, und der Täter fehlt.
Ist Hagen Tronje hier, so tret er vor,
Ich sprech ihn frei und reiche ihm die Hand.

Ute. Mein Kind –

Kriemhild. Geh nur hinüber zu Brunhild,
Sie ißt und trinkt und lacht.

Ute. Es waren Schächer –

Kriemhild. Ich kenne sie.
*(Sie faßt Giselher und Gerenot bei der Hand.)*
Du warst nicht mit dabei! –
Du auch nicht!

Ute. Hör doch nur!

Rumolt. Wir hatten uns
Im Wald verteilt, es war sein eigner Wunsch,
Auch ist es Brauch, und fanden ihn im Sterben,
Als wir zusammentrafen.

Kriemhild. Fandet ihr?
Was sprach er da? Ein Wort! Sein letztes Wort!
Ich will dir glauben, wenn du's sagen kannst,
Und wenn's kein Fluch ist. Aber hüte dich,
Denn leichter wächst dir aus dem Mund die Rose,
Als du's ersinnst, wenn du es nicht gehört.
*(Da Rumolt stockt.)* Du logst!

Kaplan. Doch kann's so sein! Die Elstern ließen
Schon Messer fallen, welche töteten,
Was Menschenhänden unerreichlich war,
Und was ein solcher Dieb der Lüfte trifft,
Weil ihm sein blanker Raub zu schwer geworden,
Das trifft wohl auch der Schächer.

Kriemhild. Frommer Vater,
Du weißt nicht!

Dankwart. Fürstin, heilig ist dein Schmerz,
Doch blind zugleich und ungerecht. Dir zeugen
Die ehrenwertsten Recken –

*(Inzwischen ist die Tür zugemacht worden und die Leiche nicht mehr sichtbar.)*

Kriemhild *(als sie dies bemerkt).* Halt! Wer wagt's –
*(Eilt zur Türe.)*
Ute. Bleib! Bleib! Er wird nur leise aufgehoben,
Wie du es selber wünschtest –
Kriemhild. Her zu mir!
Sonst wird er mir gestohlen und begraben,
Wo ich ihn nimmer finde.
Kaplan. In den Dom!
Ich folge nach, denn jetzt gehört er Gott. *(Ab.)*

### ACHTE SZENE

Kriemhild. Wohl! In den Dom!
*(Zu Gunther.)* Es waren also Schächer?
So stell dich dort mit allen deinen Sippen
Zur Totenprobe ein.
Gunther. Es mag geschehn.
Kriemhild. Mit allen, sag ich. Aber alle sind
Hier nicht versammelt. Ruft auch den, der fehlt!
*(Alle ab, aber Männer und Frauen aus verschiedenen Türen.)*

### NEUNTE SZENE

*Dom.*

*Fackeln. Der Kaplan mit anderen Priestern seitwärts vor einer eisernen Tür. Im Portal sammeln sich Hagens Sippen bis zu Sechzig. Zuletzt Hagen, Gunther und die übrigen.*

*Es klopft.*

Kaplan. Wer klopft?
Antwort von draußen.
Ein König aus den Niederlanden,
Mit so viel Kronen, als er Finger hat.
Kaplan. Den kenn ich nicht.
*(Es klopft wieder.)*
Kaplan. Wer klopft?
Antwort von draußen. Ein Held der Erde,
Mit so viel Trophäen, als er Zähne hat.
Kaplan. Den kenn ich nicht.
*(Es klopft wieder.)*

Kaplan. Wer klopft?

Antwort von draußen. Dein Bruder Siegfried,
Mit so viel Sünden, als er Haare hat.

Kaplan. Tut auf!

*(Die Türe wird geöffnet und Siegfrieds Leichnam auf der Bahre hereingetragen. Ihm folgen Kriemhild und Ute mit den Mägden.)*

Kaplan *(gegen den Sarg).*
Du bist willkommen, toter Bruder,
Du suchst den Frieden hier!
*(Zu den Frauen, die er vom Sarge abschneidet, indem er, während dieser niedergesetzt wird, zwischen sie und ihn tritt.)* Auch ihr willkommen,
Wenn ihr den Frieden sucht, wie er ihn sucht.
*(Er hält Kriemhild das Kreuz vor.)*
Du kehrst dich ab von diesem heilgen Zeichen?

Kriemhild. Ich suche hier die Wahrheit und das Recht.

Kaplan. Du suchst die Rache, doch die Rache hat
Der Herr sich vorbehalten, er allein
Schaut ins Verborgne, er allein vergilt!

Kriemhild. Ich bin ein armes, halb zertretnes Weib,
Und kann mit meinen Locken keinen Recken
Erdrosseln: welche Rache bliebe mir?

Kaplan.
Was brauchst du denn nach deinem Feind zu forschen,
Wenn du an ihm nicht Rache nehmen willst,
Ist's nicht genug, daß ihn sein Richter kennt?

Kriemhild. Ich möchte dem Unschuldigen nicht fluchen.

Kaplan. So fluche keinem, und du tust es nicht! –
Du armes Menschenkind, aus Staub und Asche
Geschaffen und vom nächsten Wind zerblasen,
Wohl trägst du schwer und magst zum Himmel schrein,
Doch schau auf den, der noch viel schwerer trug!
In Knechtsgestalt zu uns herabgestiegen,
Hat er die Schuld der Welt auf sich genommen
Und büßend alle Schmerzen durchempfunden,
Die von dem ersten bis zum letzten Tage
Die abgefallne Kreatur verfolgen,
Auch deinen Schmerz, und tiefer, als du selbst!
Die Kraft des Himmels saß auf seinen Lippen,
Und alle Engel schwebten um ihn her,

Er aber war gehorsam bis zum Tode,
Er war gehorsam bis zum Tod am Kreuz.
Dies Opfer bracht' er dir in seiner Liebe,
In seinem unergründlichen Erbarmen,
Willst du ihm jetzt das deinige verweigern?
Sprich rasch: Begrabt den Leib! und kehre um!

Kriemhild. Du hast dein Werk getan, nun ich das meine!
*(Sie geht zum Sarg und stellt sich zu Häupten.)*
Tritt jetzt heran, wie ich, und zeuge mir!

Kaplan *(geht gleichfalls zum Sarg und stellt sich zu Füßen).*
*(Drei Posaunenstöße.)*

Hagen *(zu Gunther).* Was ist geschehn?

Gunther. Es ward ein Mann erschlagen.

Hagen. Und warum steh ich hier?

Gunther. Dich trifft Verdacht.

Hagen. Den werden meine Sippen von mir nehmen,
Ich frage sie. – Seid ihr bereit, zu schwören,
Daß ich kein Meuchler und kein Mörder bin?

Alle Sippen bis auf Giselher.
Wir sind bereit.

Hagen. Mein Giselher, du schweigst?
Bist du bereit für deinen Ohm zu schwören,
Daß er kein Meuchler und kein Mörder ist?

Giselher *(die Hand erhebend).*
Ich bin bereit.

Hagen. Den Eid erlaß ich euch.
*(Er tritt in den Dom, zu Kriemhild.)*
Du siehst, ich bin gereinigt, wann ich will,
Und brauche mich am Sarg nicht mehr zu stellen,
Allein ich tu's, und will der erste sein!
*(Er schreitet langsam hinauf zum Sarg.)*

Ute. Schau weg, Kriemhild.

Kriemhild. Laß, laß! Er lebt wohl noch!
Mein Siegfried! Oh, nur Kraft für einen Laut,
Für einen Blick!

Ute. Unglückliche! Das ist
Nur die Natur, die sich noch einmal regt.
Furchtbar genug!

Kaplan. Es ist der Finger Gottes,
Der still in diesen heil'gen Brunnen taucht,
Weil er ein Kainszeichen schreiben muß.

Hagen *(neigt sich über den Sarg).*
Das rote Blut! Ich hätt' es nie geglaubt!
Nun seh ich es mit meinen eignen Augen.
Kriemhild. Und fällst nicht um?
*(Sie springt auf ihn zu.)* Jetzt fort mit dir, du Teufel.
Wer weiß, ob ihn nicht jeder Tropfen schmerzt,
Den deine Mördernähe ihm entzapft!
Hagen. Schau her, Kriemhild. So siedet's noch im Toten,
Was willst du fordern vom Lebendigen?
Kriemhild.
Hinweg! Ich packte dich mit meinen Händen,
Wenn ich nur einen hätte, der sie mir,
Zur Reinigung, dann vom Leib herunter hiebe,
Denn Waschen wäre nicht genug, und könnt es
In deinem Blut geschehn. Hinweg! Hinweg!
So standest du nicht da, als du ihn schlugst,
Die wölf'schen Augen fest auf ihn geheftet,
Und durch dein Teufelslächeln den Gedanken
Voraus verkündigend! Von hinten schlichst
Du dich heran und miedest seinen Blick,
Wie wilde Tiere den des Menschen meiden,
Und spähtest nach dem Fleck, den ich – du Hund,
Was schwurst du mir?
Hagen. Ihn gegen Feuer und Wasser
Zu schirmen.
Kriemhild. Nicht auch gegen Feinde?
Hagen. Ja.
Das hätt' ich auch gehalten.
Kriemhild. Um ihn selbst
Zu schlachten, nicht?
Hagen. Zu strafen!
Kriemhild. Unerhört!
Ward je, solange Himmel und Erde stehn,
Durch Mord gestraft?
Hagen. Den Recken hätte ich
Gefordert, und mir ist's wohl zuzutraun,
Allein er war vom Drachen nicht zu trennen,
Und Drachen schlägt man tot. Warum begab sich
Der stolze Held auch in des Lindwurms Hut!
Kriemhild.
Des Lindwurms Hut! Er mußt ihn erst erschlagen,

Und in dem Lindwurm schlug er alle Welt!
Den Wald mit allen seinen Ungeheuern
Und jeden Recken, der den grimm'gen Drachen
Aus Furcht am Leben ließ, dich selber mit!
Du nagst umsonst an ihm! Es war der Neid,
Dem deine Bosheit grause Waffen lieh!
Man wird von ihm und seinem Adel sprechen,
Solange Menschen auf der Erde leben,
Und ganz so lange auch von deiner Schmach.

Hagen. Es sei darum! *(Er nimmt dem Leichnam den Balmung von der Seite.)* Nun hört's gewiß nicht auf!
*(Er umgürtet sich mit dem Schwert und geht langsam zu den Seinigen zurück.)*

Kriemhild. Zum Mord den Raub!
*(Gegen Gunther.)* Ich bitte um Gericht.

Kaplan. Gedenke dessen, der am Kreuz vergab.

Kriemhild.
Gericht! Gericht! Und wenn's der König weigert,
So ist er selbst mit diesem Blut bedeckt.

Ute. Halt ein! Du wirst dein ganzes Haus verderben –

Kriemhild. Es mag geschehn! Denn hier ist's überzahlt!
*(Sie wendet sich gegen den Leichnam und stürzt an der Bahre nieder.)*

Dritte Abteilung

# Kriemhilds Rache

Ein Trauerspiel in fünf Akten

PERSONEN

König Gunther
Hagen Tronje
Volker
Dankwart
Rumolt
Giselher
Gerenot
Kaplan
König Etzel
Dietrich von Bern
Hildebrant, *sein Waffenmeister*
Markgraf Rüdeger
Iring, Thüring } *nordische Könige*
Werbel, Swemmel } *Etzels Geiger*
Ute
Kriemhild
Götelinde, *Rüdegers Gemahlin*
Gudrun, *deren Tochter*
Ein Pilgrim
Ein Heune, Otnit, *ein Kind*, Eckewart } *stumm*

## ERSTER AKT

*Worms. Großer Empfangs-Saal.*

### ERSTE SZENE

*König Gunther auf dem Thron. Alle Burgunden. Hagen. Dankwart. Gerenot. Giselher. Ute. Etzels Gesandte. Rüdeger.*

Gunther. Gefällt es Euch, hochedler Rüdeger,
So mögt Ihr Eures Auftrags Euch entled'gen,
Denn die Burgunden sind um mich vereint.
Rüdeger. So werb ich denn im Namen meines Herrn,
Der überall gebietet und befiehlt
Und nur vor Euch als Bittender erscheint,
Um Kriemhild, deine königliche Schwester.
Denn sie allein ist würdig, der zu folgen,
Die er mit bittrem Schmerz verloren hat,
Und Witwer muß er bleiben, wenn Ihr ihm
Die einzige verweigert, welche Helke
Ersetzen und das Volk, das sie betrauert,
Als hätt' ein jeder Teil an ihr gehabt,
Mit einer neuen Wahl versöhnen kann.
Gunther. Wenn du von deinem königlichen Herrn
Vermelden kannst, daß er nur selten bittet,
So merk dir auch, daß wir nur selten danken!
Doch Etzel hat den dunklen Heunenthron
So hoch erhöht und seinen wilden Namen
So manchem Völkerrücken eingekerbt,
Daß ich mich gern erhebe und dir sage:
Wir danken ihm und fühlen uns geehrt.
Rüdeger. Und welche weitre Antwort bring ich ihm?
Gunther. Wenn wir nicht die Trompeten schallen lassen
Und die Johannisfeuer vor der Zeit
Auf allen Bergen weit und breit entzünden,
So glaube nicht, daß unser Fürstenstolz
Den Ausbruch unsers Jubels unterdrückt,
Und daß wir mehr verlangen, als du bietest,
Das weißt du wohl, daß Kriemhild Witwe ist.

Rüdeger. Wie Etzel Witwer, ja! Und eben dies
Verbürgt dem Bund der beiden Heil und Segen
Und gibt ihm Weihe, Adel und Bestand.
Sie suchen nicht, wie ungeprüfte Jugend
Im ersten Rausch, ein unbegrenztes Glück,
Sie suchen nur noch Trost, und wenn Kriemhild
Den neuen Gatten auch mit Tränen küßt,
Und ihn ein Schauder faßt in ihren Armen,
So denkt sich jedes still: Das gilt dem Toten!
Und hält das andre doppelt wert darum.
Gunther. So sollt es sein! Doch trotz der langen Frist,
Die seit dem unglücksel'gen Tag verstrich,
Der ihr den Gatten raubte, mir den Bruder,
Weilt meine Schwester, bis zur Stunde, mehr
An ihres Siegfrieds Gruft im Kloster Lorsch,
Als unter uns. Sie meidet jede Freude
So ängstlich, wie ein andrer Missetat,
Und wär's auch nur ein Blick ins Abendrot
Oder aufs Blumenbeet zur Zeit der Rosen:
Wie schlösse sie den neuen Ehebund?
Rüdeger. Ist's Euch genehm? Und werdet Ihr gestatten,
Daß ich ihr selbst die Wünsche meines Herrn
Zu Füßen legen darf?
Gunther. Wir gönnen ihr
Das neue Glück und uns die neue Ehre
Und werden über alles andre Euch
Bescheiden, wenn wir Rat gehalten haben.
Fürs erste nehmt noch einmal unsern Dank!
Rüdeger *(ab)*.

ZWEITE SZENE

Hagen. Nicht um die Welt!
Gunther. Warum nicht, wenn sie will?
Hagen. Wenn sie nicht wollte, könntest du sie zwingen,
Denn auch der Witwe Hand vergibst du frei.
Doch eher ließ ich sie in Ketten schmieden,
Als zu den Heunen ziehn.
Gunther. Und warum das?
Hagen. Und warum das! Die bloße Frage schon
Macht mich verrückt. Habt ihr denn kein Gedächtnis?
Muß ich dich erst erinnern, was geschah?
Gunther *(deutet auf Ute)*. Vergiß nicht –

Hagen. Deine Mutter? Gleißnerei!
Sie weiß es längst! Ei, wenn sie mir die Hand
Seit unsrer Jagd nicht einmal wieder reichte,
So hat sie dich ja auch wohl nicht geküßt.
Gunther. So ist's. Und da du selbst in deinem Trotz
Den dünnen Nebel zu zerblasen wagst,
Der das Geheimnis unsers Hauses deckt;
Da du das kümmerliche Grün zertrittst,
Das diese blut'ge Gruft besponnen hat,
Und mir die Knochen in das Antlitz schleuderst;
Da du den letzten Rest von Scham erstickst,
Und höhnend auf die gift'ge Ernte zeigst,
Die aufgeschossen ist aus deiner Saat:
So hab's denn auch, daß ich einmal die Brust
Mir lüfte, daß ich dich und deinen Rat
Verfluche und dir schwöre: wär ich nicht
So jung gewesen, nimmer hättst du mich
So arg betört, und jetzt, jetzt würd ich dir
Mit Abscheu das verbieten, was ich damals
Aus Schwachheit, nicht aus Haß, geschehen ließ.
Hagen. Ich glaub's, denn jetzt ist Brunhild längst dein Weib.
Gunther. Mein Weib! Jawohl! Sie ist so weit mein Weib,
Als sie mir wehrt, ein anderes zu nehmen,
Doch sonst –
Hagen. Gibt's ein Geheimnis hier für mich?
Gunther. Kann sein! Wie sie uns nach der Tat empfing,
Als ich den ersten Becher Weins ihr brachte,
Das weißt du wohl noch selbst: sie fluchte uns
Noch grauenvoller, als Kriemhild uns fluchte,
Und loderte in Flammen auf, wie nie,
Seit sie im Kampf erlag.
Hagen. Sie brauchte Zeit,
Um sich hineinzufinden.
Gunther. Als ich sie
Nun mahnte, daß sie selbst es ja geboten,
Goß sie den Wein mir ins Gesicht und lachte,
Wie ich die Menschheit noch nicht lachen hörte –
War's so? Sonst straf mich Lügen!
Hagen. Allerdings,
Dann aber fiel sie um, und alles war
Für immer aus.

Gunther. Jawohl! So völlig aus,
Als hätt' sie ihre ganze Ewigkeit
In diesem einz'gen kurzen Augenblick
Durch ihren Feuerfluch voraus verzehrt,
Denn nur als Tote stand sie wieder auf!
Hagen. Als Tote?
Gunther. Ja, obgleich sie ißt und trinkt
Und in die Runen stiert. Du hattest recht,
Nur Siegfried war im Weg.
Hagen. Ich glaubte – – Nein!
Gunther. Das mildste Wort entlockt ihr nie ein Lächeln,
Und hätt' ich's Volkers frischem Liedermund
In einer goldnen Stunde abgefangen,
Das härteste noch minder eine Träne,
Sie kennt den Schmerz und auch die Lust nicht mehr.
Ute. So ist's! Die alte Amme deckt's nur zu!
Gunther. Stumpf blickt sie drein, als wär ihr Blut vergraben
Und wärme eines Wurmes kalt Gedärm,
Wie man's in alten Mären hört. Der ist
Jetzt mehr, als seinesgleichen, und sie selbst
Ist weniger, unendlich weniger,
Bis ihn in hundert oder tausend Jahren,
Wie's blind der Zufall fügt, ihr Fuß zertritt! –
Du magst dich freuen, Gerenot, dir ist
Die Krone der Burgunden schon gewiß,
Sie bringt mir keinen Erben.
Hagen. Steht es so!
Gunther. Du wunderst dich, daß du's erst jetzt erfährst?
Ich trug das alles still, doch heute hast
Du selbst das Licht ja auf den Tisch gestellt:
Nun reiß die Augen auf und sieh dich um!
Im Hause Groll und Zwiespalt, draußen Schmach,
Entdeckst du mehr in irgendeinem Winkel,
So zeig mir deinen Fund.
Hagen. Ein andermal.
Gunther. Doch von der Schmach kann diese Werbung uns
Erlösen, und so wahr ein Schwan sich taucht,
Wenn er das klare Wasser vor sich sieht,
Und sich den Staub aus dem Gefieder wäscht,
So wahr auch will ich dieses Werk betreiben,
Wie ich noch nichts auf dieser Welt betrieb.

Hagen.
Mein König, eins von beidem kann nur sein:
Entweder liebte Kriemhild ihren Gatten,
Wie nie ein Weib den ihren noch geliebt –
Gunther. Ich bin der letzte, der dir dies bestreitet,
Ich kenne Unterschied!
Hagen. Dann muß sie uns
Auch hassen, wie ein Weib noch niemals haßte –
Gunther. Uns? Dich vielleicht!
Hagen. Sie unterscheidet wohl!
Und wenn sie uns so haßt, so muß sie brennen,
Es darzutun, denn selbst die Liebe ist
So gierig nicht nach Kuß und nach Umarmung,
Wie grimm'ger Haß nach Mord und Blut und Tod,
Und wenn der Liebe langes Fasten schadet,
So wird der Haß nur immer hungriger.
Gunther. Du kannst es wissen.
Hagen. Ja, ich weiß es auch,
Und darum warn ich dich!
Gunther. Wir sind versöhnt.
Hagen. Versöhnt! Nun, bei den namenlosen Göttern!
Wenn ich dein Mann, dein treuster Mann nicht wäre,
Wenn jeder Tropfen meines Blutes nicht
So für dich pochte, wie das ganze Herz
Der übrigen, wenn ich, was du erst fühlst,
Wenn es dich trifft, nicht immer vorempfände,
Und tiefer oft, wie du in Wirklichkeit:
Jetzt würd ich schweigen und nicht einmal lachen,
Denn selbst die Warnung, die im Hohn noch liegt,
Verdient solch eine Rede nicht! Versöhnt!
Ja, ja, sie bot die Wange endlich dar,
Weil *(er deutet auf Giselher und Ute)*
Dieser täglich bat und diese weinte,
Und – Trankt ihr auch? Ich glaube nicht einmal,
Doch damit war die Rechnung nicht zerrissen,
Nein, die Versöhnung kam als neuer Posten
Hinzu, und nur noch größer ward die Schuld.
Ute. Du denkst von meiner Tochter, wie von dir!
Du magst die Wange bieten und nur fühlen,
Daß ihr des Mundes gift'ge Zähne mangeln,
Sie wird das heil'ge Zeichen nicht entweihn,

Das allem Hader unter Menschenkindern
Ein Ende setzte, seit die Erde steht.
H a g e n. Die Nibelungen haben ihren Vater
Um Gold erschlagen, um dasselbe Gold,
Das Siegfried an den Rhein gebracht. Wer hätte
Sich's wohl gedacht, bevor sie's wirklich taten?
Doch ist's geschehn und wird noch oft geschehn.
G e r e n o t. Ich hör in allen Stücken gern auf dich,
Nur nicht in dem. Du übertrugst den Haß
Von Siegfried auf Kriemhild.
H a g e n. Du kennst mich schlecht!
Zeig mir das Land, wovon kein Weg zurück
In unsres führt, ich will's für sie erobern
Und ihr den Thron erbaun, so hoch sie mag:
Nur gebt ihr keine Waffen, muß ich raten,
Wenn sie euch selbst damit erreichen kann.
Glaubt ihr, ich habe ihr den Hort geraubt,
Um ihr aufs neue weh zu tun? Oh, pfui!
Ich ehre ihren Schmerz und zürn ihr nicht,
Daß sie mir flucht. Wer wünschte sich denn nicht
Ein Weib, wie sie, wer möchte nicht ein Weib,
Das blind für alles ist, solang man lebt,
Und wenn man stirbt, noch mit der Erde hadert,
Weil sie nicht strahlt und leuchtet, wo man liegt.
Ich tat's nur, weil es nötig war.
U t e. Das hätte
Nicht mehr geschehen sollen.
H a g e n. Die Versöhnung
Ward schlecht dadurch besiegelt, das ist wahr, *(zu Gunther)*
Und ob sie dich entschuldigt, weil du kurz
Vorher das Land verließest, weiß ich nicht
Und zweifle fast daran, da du versäumtest,
Den Räuber zu bestrafen, als du kamst!
Doch unterbleiben durft es nicht, sie hätte
Ein Heer damit geworben.
U t e. Sie ein Heer!
Sie dachte nicht daran.
H a g e n. Noch nicht, ich weiß.
Sie füllte links und rechts die offnen Hände
Mit Siegfrieds Gold und kümmerte sich nicht,
Ob einer einmal oder zehnmal kam.

Das war das Mittel, Freunde zu erwerben
Und zu erhalten.

Ute. Das geschah allein
Zu Siegfrieds Angedenken, und man wird
Auf dieser Welt das Bild nicht wiedersehn,
Wie sie in ihrem schwarzen Trauerkleide,
Das schöne, stille Auge immer feucht,
Die Edelsteine und das rote Gold
Verteilte unter die Verlangenden
Und es nicht selten wusch mit ihren Tränen,
Der höchste Jammer, vom Geschick erlesen,
Des höchsten Glückes Spender hier zu sein.

Hagen. Dies meint ich eben. Ja, es war ein Bild,
Den Stein zu rühren! Und da Wohltat drückt,
Und jeder, um die Last sich zu erleichtern,
Auf irgendeine Art zu danken wünscht,
So hätte von den vielen Tausenden,
Die sich allmählich um sie sammeln mußten,
Zuletzt wohl einer sie gefragt: Was weinst du?
Um auf den kleinsten Wink das Schwert zu ziehn
Und den zu rächen, der den Wurm erschlagen
Und auch den reichen Hort ins Land gebracht.

Ute. Und diesen Wink – den hätte Kriemhild je
Gegeben, glaubst du? Ist sie nicht ein Weib?
Bin ich nicht ihre Mutter? Ist der König
Ihr Bruder nicht? Und sind ihr Gerenot
Und Giselher nicht wert bis diesen Tag?

Hagen. Mir ist, als ob ich Siegfried reden hörte!
Die Raben kreisen warnend um ihn her,
Er aber denkt: Ich bin bei meinem Schwäher,
Und wirft sie mit dem Fuchs und jagt sie fort!

Gunther. Ei was! – Es fragt sich nur, aus welchem Mund
Vernimmt sie wohl das erste Wort am liebsten! *(Zu Ute.)*
Aus deinem, denk ich. Sprich denn du mit ihr.

*(Alle ab.)*

## DRITTE SZENE

*Kriemhilds Kemenate.*

Kriemhild *(füttert ihre Vögel und ihr Eichkätzchen).*
Ich hab so oft mich über alte Leute

Gewundert, daß sie so an Tieren hängen,
Jetzt tu ich's selbst.

VIERTE SZENE

*Ute tritt ein.*

Ute. Schon wieder deine Hand
Im Weizenkorb?
Kriemhild. Du weißt, ich bin dazu
Noch eben reich genug und hab sie gern.
Sie sind mit mir zufrieden, jedes kann
Entfliehn, sobald es will, denn offen steht
Der Käfig, wie das Fenster, doch sie bleiben,
Sogar das Kätzchen, dieses Sonntagsstück
Des arbeitsmüden Schöpfers, das er lieblich,
Wie nichts, gebildet hat, weil ihm der schönste
Gedanke erst nach Feierabend kam,
Und das bei mir zum *Kind* geworden ist,
Wie sollt ich sie nicht lieben!
Ute. Immerhin,
Nur tust du Menschen weh. Denn uns entziehst du,
Was du an sie verschwendest, und wir sind
Doch mehr, als sie.
Kriemhild. Wer weiß das? Ist von Menschen
Dem edlen Siegfried einer nachgestorben?
Nicht einmal ich, doch wohl sein treuer Hund.
Ute. Kind!
Kriemhild. Der verkroch sich unter seinen Sarg
Und biß nach mir, da ich ihm Speise bot,
Als wollt ich ihn zu Missetat verleiten,
Ich flucht und schwur, doch aß ich hinterher.
Vergib mir, Mutter, aber unter Menschen
Erging's mir wohl zu schlecht, als daß ich nicht
Versuchen sollte, ob der wilde Wald
Nicht bessre Arten birgt.
Ute. Hör davon auf,
Ich hab dir was zu sagen!
Kriemhild *(ohne auf sie zu hören).*
Und ich glaub's.
Der grimm'ge Leu verschont den Schlafenden,
Zu edel hat ihn die Natur gebildet,
Als daß er würgt, was sich nicht wehren kann.

Den Wachenden zerreißt er zwar, doch nur
Aus Hunger, aus dem nämlichen Bedürfnis,
Das auch den Menschen auf den Menschen hetzt,
Nicht, weil er ihm das Angesicht beneidet
Und ihm den freien stolzen Gang nicht gönnt,
Was unter uns aus Helden Mörder macht.
Ute. Die Schlange aber sticht und fragt nicht lange,
Ob hinten oder vorn.
Kriemhild. Wenn man sie tritt.
Auch kann sie mit der Zunge, die sie braucht,
Um ihren Feind zu töten, ihm nicht schwören,
Daß sie ihn küssen will. Sie führen Krieg
Mit uns, weil wir den heil'gen Gottesfrieden
Gebrochen haben, und versöhnen sich
Mit jedem einzelnen, sobald er mag.
Zu ihnen hätt' ich, meinen Sohn im Arm,
Mich flüchten sollen, denn den nackten Menschen,
Den Ausgestoßnen und Verlassenen,
Den sein Geschlecht verleugnet und verrät,
Beschützen sie, uralter Brüderschaft
Gedenkend, aus der Morgenzeit der Welt.
In eurer Sprache hätt' ich ihm vertraut,
Was man an mir verübt, und sie in ihrer
Ihm zugeflüstert, wie's zu rächen sei.
Und wär er dann, zum Mann herangewachsen,
Die wucht'ge Eichenkeule in der Hand,
Hervorgeschritten aus dem dunklen Wald,
So hätten sie ihn alle, wie den König
Die Seinen, in gedrängter Schar begleitet,
Vom Leuen an bis zu dem scheusten Wurm.
Ute. Man wird ihm auch am Rhein das Fluchen lehren,
Denn Siegfrieds Vater hat das Recht dazu,
Und Siegfrieds Mutter kann es nicht mehr hindern.
Doch besser wär's gewesen, wenn du ihn
Bei dir behalten hättest.
Kriemhild. Schweig, o schweig,
Wenn ich nicht auch an dir noch zweifeln soll.
Ha! Siegfrieds Sohn am Hof der Nibelungen!
Man hätte nicht zu seinem dritten Zahn
Ihn kommen lassen.
Ute. Du bezahlst es teuer,

Daß du den Trost, den die Natur dir bot,
Von dir gestoßen hast.
Kriemhild. Mir ist's genug,
Daß ich das Kind den Mördern doch entzog,
Sobald ich seinen ersten Laut vernahm,
Und nimmer werd ich's Giselher vergessen,
Daß er so treu dazu geholfen hat.
Ute. Du hast die Strafe, denn du mußt dich jetzt
An die da hängen. *(Deutet auf die Vögel.)*
Kriemhild. Warum quälst du mich?
Du weißt doch wohl, wie's stand. Leg einer Toten
Den Sohn ans Herz und fordre Milch von ihr:
Die heil'ge Quelle der Natur wird eher
In ihrer starren Brust aufs neue springen,
Als meine Seele aus dem Winterschlaf
Zu wecken war, der nie ein Tier so tief
Bis in das Herz beschlichen hat, wie mich.
Ich war so weit, daß meine Träume sich
Ins Wachen mischten und dem Morgenruf
Des muntren Hahnes trotzten: konnte ich
Wohl Mutter sein! Ich will auch nichts von ihm,
Er wurde nicht geboren, mich zu trösten,
Er soll den Mörder seines Vaters töten,
Und wenn er's tat, so wollen wir uns küssen
Und dann auf ewig auseinandergehn.

## FÜNFTE SZENE

*Giselher und Gerenot treten ein.*

Gerenot. Nun, Mutter, nun?
Ute. Ich sprach noch nicht davon.
Giselher. So sprechen wir.
Kriemhild. Was ist denn für ein Tag,
Daß alle meine Sippen sich so sammeln?
Treibt ihr den Tod aus?
Gerenot. Das ist längst geschehn,
Man spart ja schon auf das Johannisfeuer
Und steckt den Lauch mit Nächstem an den Balken,
Entfiel dir der Kalender denn so ganz?
Kriemhild. Seit mir die Kuchen nicht so viel mehr sind,

Vergeß ich jedes Fest. Seid ihr dafür
Nur um so fröhlicher.
Gerenot. Das sind wir nicht,
Solange du die schwarzen Kleider trägst,
Auch kommen wir, um dir sie abzureißen,
Denn –
*(Zu Ute.)* Mutter, nein, es ist doch besser, du!
Kriemhild. Was gibt's, daß dieser sich so plötzlich wendet?
Ute. Mein Kind, wenn du noch einmal so, wie einst,
An meiner Brust dein Haupt verbergen wolltest –
Kriemhild. Gott spare dir und mir den bittren Tag,
An welchem das noch einmal nötig wird!
Vergaßest du?
Gerenot. Ach, davon heute nichts!
Ute. Ich dachte an die Kinderzeit.
Giselher. Ihr könnt
Nicht fertig werden. Nun, ich half euch oft
Und will euch wieder helfen, ob ihr mich
Nun tadelt oder lobt.
*(Zu Kriemhild.)* Vernahmst du nicht
Die schallenden Trompeten und den Lärm
Der Waffen und der Pferde? Das bedeutet:
Ein edler König wirbt um deine Hand.
Ute. So ist's.
Kriemhild. Und meine Mutter hält für nötig,
Es mir zu melden? Hätt' ich doch gedacht,
Die stumpfste Magd, die uns im Stalle dient,
Wär Weib genug, das Nein für mich zu sagen:
Wie ist es möglich, daß du fragen kannst!
Ute. Sie bieten's dir.
Kriemhild. Zum Hohn.
Ute. Ich werde doch
Nicht ihres Hohnes Botin sein?
Kriemhild. Dich kann
Ich eben nicht verstehn.
*(Zu den Brüdern.)* Ihr seid zu jung,
Ihr wißt nicht, was ihr tut, euch will ich mahnen,
Wenn eure Stunde auch geschlagen hat.
*(Zu Ute.)* Doch du – – Ich sollte meinen edlen Siegfried
Im Tode noch verleugnen? Diese Hand,
Die er durch seinen letzten Druck geheiligt,

In eine andre legen? Diese Lippen,
Die, seit er hin ist, nur den Sarg noch küßten,
In dem er ruht, beflecken? Nicht genug,
Daß ich ihm keine Sühne schaffen kann,
Sollt ich ihn auch noch um sein Recht verkürzen
Und sein Gedächtnis trüben? Denn man mißt
Die Toten nach dem Schmerz der Lebenden,
Und wenn die Witwe freit, so denkt die Welt:
Sie ist das letzte unter allen Weibern,
Oder sie hat den letzten Mann gehabt.
Wie kannst du's glauben!
Ute. Ob du's nun verschmähst,
Ob du es annimmst: immer zeigt es dir,
Daß deine Brüder dir's von Herzen gönnen,
Wenn du noch irgend Freude finden kannst.
Giselher. Ja, Schwester, das ist wahr. Auch gilt's so gut
Vom König, wie von uns. Hättst du gehört,
Wie er den Tronjer schalt, als dieser sich
Dagegen stemmte, und wie unbekümmert
Um seinen Rat er tat, was ihm gefiel,
Du würdest ihm von Herzen jetzt verzeihn,
Wie du ihm mit dem Munde längst verziehst.
Kriemhild. So riet der Tronjer ab?
Giselher. Wohl riet er ab.
Kriemhild. Er fürchtet sich.
Ute. Er tut es wirklich, Kind.
Gerenot. Er glaubt, du könntest Etzel, denn kein andrer,
Als Etzel ist's, mit allen seinen Heunen
Auf die Burgunden hetzen.
Ute. Denke dir!
Kriemhild. Er weiß, was er verdient.
Gerenot. Doch weiß er nicht,
Daß er in unsrer Mitte sicher ist,
Wie einer von uns selbst!
Kriemhild. Er mag sich wohl
Erinnern, wie es einem Bessern ging,
Der auch in eurer Mitte war.
Ute. O Gott,
Hätt' ich's geahnt!
Gerenot. Und wären wir nicht alle
So jung gewesen!

Kriemhild. Ja, ihr wart zu jung,
Um mich zu schützen, aber alt genug,
Den Mörder zu beschirmen, als ihn Himmel
Und Erde zugleich verklagten.
Ute. Sprich nicht so!
Du hast den Tronjer ganz, wie sie, geehrt
Und auch geliebt! Wenn dich als Kind im Traum
Das wilde Einhorn jagte, oder auch
Der Vogel Greif erschreckte, war es nicht
Dein Vater, der das Ungetüm erlegte:
Du sprangst dem Ohm des Morgens an den Hals
Und danktest ihm für Taten, die er selbst
Nicht kannte, durch den ersten Kuß.
Giselher. Ja, ja!
Und wenn die alten Knechte uns im Stall
Vom Donnrer Thor erzählten, daß wir glaubten,
Er dräue selbst beim falben Schein der Blitze
Durchs Bodenloch hinein, so sah er aus,
Wie Hagen, wenn er seine Lanze wirft.
Gerenot. Laß, ich beschwör dich, was vergangen ist,
Doch endlich auch einmal vergessen sein.
Du hast genug geklagt um deinen Helden,
Und hättst du dir im ersten Schmerz gelobt,
Jedweder seiner edlen Eigenschaften
Ein ganzes volles Tränenjahr zu widmen:
Du wärst herum und deines Eides quitt.
Nun trockne dir denn auch die Augen ab
Und brauche sie zum Sehen, statt zum Weinen,
Herr Etzel ist des ersten Blicks schon wert:
Den Toten kann dir keiner wiedergeben,
Hier ist der beste aller Lebenden.
Kriemhild. Ihr wißt, ich will nur eins noch auf der Welt,
Und nimmer laß ich ab, es zu verlangen,
Bis ich den letzten Odemzug getan.

## SECHSTE SZENE

*Gunther tritt ein.*

Gunther *(zu den Brüdern).* Wie steht's?
Kriemhild *(kniet vor ihm nieder).*
Mein Herr, mein Bruder und mein König,
Ich bitte dich in Demut um Gehör.

Gunther. Was soll das heißen?
Kriemhild. Wenn du wirklich heut,
Wie man mir sagte, dich zum ersten Mal
Als Herrn erwiesen hast –
Gunther. Zum ersten Mal!
Kriemhild. Wenn du die Krone und den Purpur nicht
Zum bloßen Staat mehr trägst und Schwert und Zepter
Zum Spott –
Gunther. Du redest scharf.
Kriemhild. Das wollt ich nicht!
Doch wenn's so ist, und wenn auf deine Krönung
Die Thronbesteigung endlich folgen soll –
Gunther. Nimm's immer an.
Kriemhild. Dann ist ein großer Tag
Für die gekommen, welche schweres Unrecht
Erlitten haben, und als Königin
Von allen, welche Leid im Lande tragen,
Bin ich die erste, die vor dir erscheint
Und Klage über Hagen Tronje ruft.
Gunther *(stampft)*. Noch immer fort!
Kriemhild *(erhebt sich langsam)*. Der Rabe, der im Wald
Den öden Platz umflattert, wo's geschah,
Hört nimmer auf, zu kreisen und zu krächzen,
Bis er den Rächer aus dem Schlaf geweckt.
Wenn er das Blut der Unschuld fließen sah,
So findet er die Ruh nicht eher wieder,
Bis das des Mörders auch geflossen ist.
Soll mich ein Tier beschämen, das nicht weiß,
Warum es schreit, und dennoch lieber hungert,
Als seine Pflicht versäumt? Mein Herr und König,
Ich rufe Klage über Hagen Tronje,
Und Klage werd ich rufen bis zum Tod.
Gunther. Das ist umsonst!
Kriemhild. Entscheide nicht so rasch!
Wenn du denn auch mit deiner armen Schwester
Und ihrem Jammer schneller fertig wirst,
Wie sie in bessrer Zeit mit deiner Hand,
Als sie der wüt'ge Hirsch dir aufgeschlitzt;
Wenn du dem Schmerz, der ruhig sagen kann:
Ist meinesgleichen irgend noch auf Erden,

So will ich lachen und mich selbst verspotten,
Und alle segnen, die ich sonst verflucht!
Wenn du ihm kalt den kleinsten Trost verweigerst
Und ihn von hinnen schreckst mit finstern Brauen:
Erwäg es doch und nimm dein Wort zurück.
Ich bin's ja nicht allein, die Klage ruft,
Es ruft das ganze Land mit mir, das Kind
Braucht seinen ersten Odemzug dazu,
Der Greis den letzten, Bräutigam und Braut
Den köstlichsten, du wirst es schaudernd sehn,
Wenn's dir gefällt, sie vor den Thron zu laden,
Daß jedes Alter, jeder Stand erscheint.
Denn, wie die brechend-schwere Donnerwolke,
Hängt diese Blutschuld über ihnen allen
Und dräut mit jedem Augenblicke mehr.
Die schwangern Weiber zittern, zu gebären,
Weil sie nicht wissen, ob kein Ungeheuer
In ihrem Mutterschoß herangereift,
Und daß uns Sonn und Mond noch immer leuchten,
Gilt manchem schon als Wunder der Natur.
Wenn du dein königliches Amt versäumst,
So könnten sie zur Eigenhülfe greifen,
Wie's einst geschah, bevor's noch Kön'ge gab,
Und wenn sich alle wild zusammenrotten,
So dürften sie, da du nun einmal fürchtest,
Noch fürchterlicher, als der Tronjer, sein!

Gunther. Sie mögen's tun.

Kriemhild. Du sprichst, als zeigt ich dir
Einen Rock mit trocknem Blut, als hättest du
Den Helden nie gesehn, in dessen Adern
Es kreiste, seine Stimme nie gehört,
Noch seiner Hände warmen Druck gefühlt.
Kann das denn sein? So färbe du, o Erde,
Dich überall, wie dich der grause Mord
Bei den Burgunden färbte! Tauche dich
In dunkles Rot! Wirf's ab, das grüne Kleid
Der Hoffnung und der Freude! Mahne alles,
Was lebt, an diese namenlose Tat,
Und bringe, da man mir die Sühne weigert,
Sie vor das ganze menschliche Geschlecht.

Gunther. Genug! Ich kam in einer Absicht her,

Die Dank verdient.
*(Zu Ute.)* Hast du mit ihr gesprochen?
*(Auf ein bejahendes Zeichen Utes.)*
Gut! Gut! – Ich will dich nicht um Antwort fragen,
Der Bote mag sie selbst entgegennehmen,
Damit er sieht, daß du dich frei bestimmst.
Ich hoffe, du gestattest ihm Gehör,
Es ist der alte Markgraf Rüdeger,
Die Sitte will es, und er bittet drum.
Kriemhild. Der Markgraf Rüdeger ist mir willkommen.
Gunther. So send ich ihn. *(Zu Ute und den Brüdern.)*
Laßt ihr sie auch allein! *(Alle ab.)*

SIEBENTE SZENE

Kriemhild. Er fürchtet sich! Er fürchtet Hagen Tronje,
Und Hagen Tronje, hör ich, fürchtet mich! –
Du könntest Grund erhalten! Mag die Welt
Mich anfangs schmähn, sie soll mich wieder loben,
Wenn sie das Ende dieser Dinge sieht!

ACHTE SZENE

*Rüdeger mit Gefolge tritt ein.*

Kriemhild. Seid mir willkommen, Markgraf Rüdeger! –
Doch sprecht, ist's wirklich wahr, was man mir meldet,
Ihr seid als Bote hier?
Rüdeger. So ist's! Doch nur
Als Bote Etzels, der kein einz'ges Zepter
In Königshänden unzerbrochen ließ,
Als das der Nibelungen.
Kriemhild. Einerlei,
Ich bin darum nicht weniger erstaunt!
Ihr seid mir längst gerühmt. Ein Abenteuer
Und Rüdeger, der's andern weggenommen,
Die wurden stets zugleich bei uns genannt,
Und wenn man Euch als Boten schicken kann,
So sollte man Euch doch so lange sparen,
Bis man ums Beste dieser Erde schickt.
Rüdeger. Das hat mein Herr und König auch getan.
Kriemhild. Wie, Rüdeger, du wirbst um eine Witwe
Und suchst sie in der Mördergrube auf?

Rüdeger. Was sagst du, Königin?
Kriemhild. Die Schwalben fliehen
Von dannen, und die frommen Störche kehren
Ins hundertjähr'ge Nest nicht mehr zurück,
Doch König Etzel spricht als Freier ein.
Rüdeger. Unselig sind die Worte, die du redest.
Kriemhild. Unsel'ger noch die Taten, die ich sah! –
Verstell dich nicht! Du weißt, wie Siegfried starb,
Und hättst du nur das Ammenlied behorcht,
Womit man jetzt am Rhein die Kinder schreckt.
Rüdeger. Und wenn ich's weiß?
Kriemhild. Herr Etzel ist noch Heide,
Nicht wahr?
Rüdeger. Wenn du's verlangst, so wird er Christ!
Kriemhild. Er bleibe, was er ist! – Ich will dich nicht
Betrügen, Rüdeger, mein Herz ist tot,
Wie der, für den es schlug, doch meine Hand
Hat einen Preis!
Rüdeger. Ich biet ein Königreich,
Das auf der Erde keine Grenzen hat.
Kriemhild. Ein Königreich ist wenig oder viel,
Wie wird's bei Euch verteilt? Dem Mann das Schwert,
Nicht wahr, die Krone und der Herrscherstab,
Dem Weib die Flitter, das gestickte Kleid?
Nein, nein, ich brauche mehr.
Rüdeger. Was es auch sei,
Es ist gewährt, noch eh du's fordern kannst.
Kriemhild. Herr Etzel wird mir keinen Dienst versagen?
Rüdeger. Ich bürge dir!
Kriemhild. Und du?
Rüdeger. Was ich vermag,
Ist dein bis auf den letzten Odemzug
Kriemhild. Herr Markgraf, schwört mir das!
Rüdeger. Ich schwör es Euch!
Kriemhild *(für sich)*.
Sie kennen meinen Preis, ich bin's gewiß!
*(Zu den Dienern.)* Die Könige!
Rüdeger. So hab ich denn dein Wort?
Kriemhild. Herr Etzel ist auch in Burgund bekannt,
Wer seinen Namen hört, der denkt zuerst
An Blut und Feuer, dann an einen Menschen! –

Jawohl, du hast mein Wort! – Man sagt: die Krone
Muß ihm ums Angesicht zusammenschmelzen,
Der glühnde Degen aus den Händen tröpfeln,
Eh er im Stürmen innehält! Das ist
Der Mann dafür, dem wird es Wollust sein!

## NEUNTE SZENE

*Ute und die Könige treten ein.*

K r i e m h i l d. Ich hab's mir überlegt und füg mich Euch!
Herr Markgraf Rüdeger, reicht mir die Hand,
Ich fasse sie, als ob es Etzels wäre,
Und bin von jetzt der Heunen Königin.
R ü d e g e r. Ich huld'ge Euch!
*(Er zieht nebst den Seinigen das Schwert dabei.)*
U t e. Und ich, ich segne dich.
K r i e m h i l d *(weicht vor ihr zurück).*
Laß! Laß! Dein Segen hat ja keine Kraft! *(Zu den Königen.)*
Doch ihr – Geleitet ihr mich selbst hinab,
Wie's König Dankrats Tochter fordern darf,
Und wie's der Herr der Welt erwarten kann?
G u n t h e r *(schweigt).*
R ü d e g e r. Wie! Nein?
K r i e m h i l d. Ihr weigert mir mein Fürstenrecht?
*(Zu Rüdeger.)* Herr Markgraf, fragt bei König Gunther an,
Wodurch ich es verwirkt.
G u n t h e r. Ich weigre nichts,
Doch hab ich Gründe, jetzt den Rhein zu hüten,
Und bitte Euch, Herr Markgraf, meine Schwester
Dem Herrn, den sie gewählt, in meinem Namen
Zu übergeben und mich zu entschuld'gen,
Ich sehe später nach, wie er sie setzt.
K r i e m h i l d. Du gibst dein königliches Wort darauf?
G u n t h e r. Ich tat es schon.
R ü d e g e r. So übernehm ich sie!
K r i e m h i l d. Nun noch ein letzter Gang zu Siegfrieds Gruft.
Beredet ihr indes das übrige!
*(Eckewart tritt hervor.)*
Mein treuer Eckewart hat mich gewiegt,
Und ob auch alle andern mich verlassen,
Er fehlt gewiß nicht hinter meinem Sarg. *(Ab.)*

## ZWEITER AKT

*Donauufer.*

### ERSTE SZENE

*Gunther, Volker, Dankwart, Rumolt und ein großes Gefolge. Werbel und Swemmel vor dem König. Später wird das Schiff mit Hagen, dem Kaplan usw. sichtbar.*

W e r b e l. Nun gib uns endlich Urlaub, hoher König,
Sie brauchen uns zu Hause, denn sie wissen
Den Fiedelbogen höchstens von der Lanze
Zu unterscheiden, aber nicht zu führen,
Und die als steife Boten Abschied nehmen,
Wirst du als flinke Geiger wiedersehn,
Wenn du den feierlichen Einzug hältst.
G u n t h e r. Ihr habt noch Zeit. Ich denke in Bechlarn
Beim alten Rüdeger die Rast zu halten,
Und so weit haben wir den gleichen Weg.
W e r b e l. Wir kennen einen nähern, und wir müssen
Uns sputen.
G u n t h e r. Nun, so zieht.
W e r b e l. Wir danken dir. *(Will mit Swemmel ab.)*
R u m o l t. Vergeßt ihr die Geschenke? Wartet doch,
Bis sie herüberkommen.
W e r b e l *(kehrt mit Swemmel um).* Das ist wahr!
R u m o l t. Schon naht das Schiff.
V o l k e r. Das find ich wunderlich,
Erst schlagen sie die reichen Gaben aus,
Dann lassen sie sie liegen!
*(Rasch zu Werbel.)* Ist Kriemhild
Noch immer traurig?
W e r b e l. Sagten wir Euch nicht,
Daß sie so fröhlich scheint, als hätte sie
Den Kummer nie gekannt?
V o l k e r. Das sagtet ihr.
W e r b e l. Nun denn.
V o l k e r. Es muß ein Land der Wunder sein,
Wo Etzel herrscht. Wer weiße Rosen pflanzt,
Pflückt rote, denk ich, oder umgekehrt.
W e r b e l. Warum?

Volker. Weil sie sich so verändert hat.
Als fröhlich haben wir sie nie gekannt,
Sie war sogar als Kind nur still vergnügt
Und lachte mit den Augen.
Rumolt. Hagen kommt
Mit seiner letzten Fracht.
Volker. Worin denn zeigt
Sich ihre Fröhlichkeit?
Werbel. Das seht Ihr ja:
Sie liebt die Feste, und sie ladet Euch
Zum größten ein. Ihr fragt uns sonderbar!
Ist's nicht natürlich, daß sie Boten schickt,
Wenn Ihr nicht, wie Ihr doch versprochen habt,
Von selbst erscheint? So sehr sie unsre Frauen
An Majestät und Schönheit übertrifft,
So seltsam finden die's, und das mit Recht,
Daß ihr Geschlecht sich nicht um sie bekümmert,
Als wär sie seine Schmach und nicht sein Stolz.
Wenn das nicht anders wird, so wird der Neid
Ihr noch die fürstliche Geburt bezweifeln,
Und darum mahnt sie Euch an Euer Wort.
Volker. Ei nun, wir kommen um die Sonnenwende
Und, wie Ihr seht, *(deutet auf das Gefolge)*
mit unserm ganzen Staat!
Werbel. Mit einem Heer, jawohl. Auf so viel Gäste
Ist Etzel kaum gefaßt, drum müssen wir
Voran!

*(Sie gehen zu dem Schiff, das eben anlegt, und verschwinden rasch.)*

Volker. Die reden falsch! Das ist gewiß!
Doch wahr ist's auch, daß Kriemhild wünschen muß,
Uns dort zu sehn.
Rumolt. Und töricht wär's, zu glauben,
Daß sie den zweiten Mann beredet hätte,
Für ihren ersten Thron und Kopf zu wagen:
Das widerspricht sich selbst und ist zum Lachen,
Doch mag geschehn, was heimlich möglich ist!
Volker. Und da wir unsre Augen für uns selbst
Nicht brauchen, denn was hätten wir zu fürchten,
So ist's, als ob der Tronjer tausend hätte,
Und die sind auch um Mitternacht genug.

Hagen *(der gleich bei der Ankunft des Schiffes herausgesprungen ist und dem Ausladen zugeschaut hat).*
Ist alles hier?
Dankwart. Bis auf den Priester dort!
*(Deutet auf den Kaplan.)*
Der packt sich erst sein Meßgerät zusammen.
Hagen *(springt wieder ins Schiff und stürzt auf den Kaplan los).* Steh fest! *(Er stößt ihn über Bord.)*
Da liegt er, wie ein junger Hund,
Und meine ganze Mannheit kehrt mir wieder!
Volker *(ist ihm nachgesprungen).*
Pfui, Hagen, pfui, das war kein Stück für dich.
Hagen *(heimlich).*
Meerweiber traf ich, grün, wie Schilf, das Haar,
Und blau die Augen, die mir prophezeiten – *(Bricht ab.)*
Was? Kannst du schwimmen, trotz des lahmen Arms?
Die Ruderstange her!
Volker *(ergreift sie und hält sie fest).*
Hagen. Die Ruderstange!
Sonst spring ich nach, gepanzert, wie ich bin!
*(Er nimmt sie und schlägt ins Wasser.)*
Zu spät! Das ist ein Fisch! – So ist's denn wahr,
Und nicht bloß Bosheit!
Kaplan *(ruft herüber).* König, fahre wohl,
Ich geh zurück!
Hagen. Und ich –
*(Zieht sein Schwert und zertrümmert das Schiff.)*
Gunther. Bist du von Sinnen,
Daß du das Schiff zerschlägst?
Hagen. Frau Ute hat
Zu schlecht geträumt, als daß dir jeder Knecht
Zu Etzels Gastgebot mit Freuden folgte,
Doch nun ist auch der letzte dir gewiß.
Gunther. Und halt ich einen, den ein Traum erschreckt?
Volker. Das war es nicht. Was hast du?
Hagen. Tritt beiseite.
Damit uns keiner hört. Denn dir allein
Will ich's vertraun.
*(Heimlich.)* Meerweiber traf ich an,
Als ich vorhin, das Schiff zu suchen, ging,
Sie schwebten über einem alten Brunnen

Und glichen Vögeln, die im Nebel hüpfen,
Bald sichtbar, bald vom blauen Qualm verschluckt.
Ich schlich heran, da flohn sie scheu von dannen,
Allein die Kleider riß ich ihnen ab,
Und schmeichelnd riefen sie, in ihre Locken
Sich wickelnd und in einer Lindenkrone
Sich bergend: Gibst du uns den Raub zurück,
So wollen wir dir prophezein, wir wissen,
Was euch begegnen wird und melden's treu!
Ich ließ die Kleider hoch im Winde flattern
Und nickte, da begannen sie zu singen,
Und nie vernahm ich noch ein schönres Lied
Von Glück und Sieg und allem, was man wünscht.
V o l k e r. Das ist ein beßres Zeichen, als du denkst!
Wie das Insekt von Sonnenschein und Regen,
So haben sie vom Schicksal Witterung,
Nur reden sie nicht gern, denn jedes Wort
Bezahlen sie mit einem Lebensjahr,
Und uralt werden sie, wie Sonn und Mond
Am Himmel, doch unsterblich sind sie nicht.
H a g e n. Um so verfluchter denn! Ich warf die Kleider
Mit Freuden wieder hin und stürzte fort.
Doch da erscholl ein Lachen hinter mir,
So widerwärtig und entsetzlich-häßlich,
Als käm's aus einem Sumpf von tausend Kröten
Und Unken, und ich sah mich schaudernd um.
Was war's? Die Weiber abermals, doch nun
In scheußlicher Gestalt. Sie schnitten mir
Gesichter, und in seltsam-schnalz'gem Ton,
Als spräche, statt des Vogels, jetzt der Fisch,
In dem ihr schlanker Leib sich end'gen soll,
Höhnten sie mich: Wir haben dich betrogen,
Ihr alle seht, wenn ihr ins Heunenland
Hinunter zieht, den grünen Rhein nicht wieder,
Und nur der Mann, den du am allermeisten
Verachtest, kommt zurück.
V o l k e r. Doch nicht der Pfaff?
H a g e n. Du siehst es ja. Ich rief zwar spöttisch drein:
Das heißt: die Fremde wird uns so gefallen,
Daß wir die Heimat über sie vergessen,
Und lacht' und pfiff und fragte nach dem Schiff.

Doch traf's mich, wie ein Schlag, und glaub's mir nur,
Es endet nimmer gut.
*(Laut.)* Man wird's erfahren,
Daß man, wenn Hagen Tronje einmal warnt,
Auf Hagen Tronje hören darf.
Gunther. Warum
Hört Hagen Tronje denn nicht selbst auf sich
Und bleibt zurück? Wir haben Mut genug,
Auch ohne ihn das grause Abenteuer
Zu wagen, das in einer Schwester Armen
Sein Ende finden wird, wenn uns nicht gar
Zuletzt ein Kuß von unserm Schwäher droht.
Hagen. Ho, ho! Ich bin wohl noch zu jung zum Sterben! –
Es ist mir nur um dich und nicht um mich.
Dankwart *(zu Hagen).* Was ist denn das für Blut?
Hagen. Wo hätt' ich Blut?
Dankwart *(taucht den Finger hinein und zeigt es ihm).*
Ei, von der Stirne träuft's dir hell herunter,
Fühlst du's nicht selbst?
Hagen. So sitzt mein Helm nicht fest.
Gunther. Nein, sprich, was ist's?
Hagen. Ich trug den Donauzoll
Im stillen für dich ab. Du wirst nicht mehr
Gemahnt, der Mautner hat sein Teil. Doch wußte
*(er nimmt den Helm ab)*
Ich selber nicht, daß ich so reichlich gab.
Gunther. So hast du doch den Fährmann –
Hagen. Allerdings!
Ich seh's jetzt, Lügen haben kurze Beine:
Er grüßte mich mit seinem dicken Ruder,
Ich dankte ihm mit meinem scharfen Schwert.
Gunther. Gelfrat, den Riesen!
Hagen. Ja, den Stolz der Baiern!
Er treibt im Fluß, verhauen, wie sein Schiff!
Doch unbesorgt. Ich trag euch auf dem Rücken
Hinüber, wenn ihr hier zum zweiten Mal
Die Fähre sucht.
Gunther. So braucht's nur fortzugehn,
Und deine Rabenweisheit kommt zu Ehren –
Hagen. Das tut sie auch, wenn ihr die Fiedel streicht!
So oder so, wir sind im Netz des Todes –

Volker. Gewiß! Doch ist das neu? Wir waren's stets.
Hagen. Das ist ein Wort, mein Volker, habe Dank.
Jawohl, wir waren's stets, es ist nicht neu,
Und einen Vorteil haben wir voraus
Vor all den andern, welche sterben müssen:
Wir kennen unsern Feind und sehn das Netz –
Gunther *(unterbricht ihn scharf und schroff)*.
Fort! Fort! Sonst läßt der Baiernherzog sich
Den toten Mautner zahlen, wie die Maut,
Und König Etzel kommt um seinen Spaß.
*(Ab mit den Seinigen bis auf Hagen und Volker.)*
Hagen. Und bei den Namenlosen sei's geschworen:
Wer mich hinunterstößt, den reiß ich nach.
Volker. Ich helf dabei! Doch sagen muß ich dir:
Bis diese Stunde hab ich, wie die andern,
Gedacht.
Hagen. Ich auch. Doch weiß ich's selber erst,
So ist der Mensch, pfui über ihn und mich,
Seit ich die Weiber prophezeien hörte!
Volker. Und jetzt noch möcht ich zweifeln –
Hagen. Nein, mein Volker,
Das wär verkehrt. Die Probe ist gemacht.
Volker. Doch ist auch alles wahr, was Ute sagte:
Sie ist ein Weib, und müßte, um den Gatten
Zu rächen, ihre eignen Brüder töten,
Und ihre alte Mutter mit!
Hagen. Wie das?
Volker. Die Kön'ge decken dich, und Ute deckt
Die Kön'ge wieder, oder trifft man sie
Nicht auch, wenn man die Söhne trifft?
Hagen. Gewiß.
Volker. Und wird ein Weib wohl einen Pfeil versenden,
Der, eh er dir die Haut nur ritzen kann,
Durch alle diese Herzen gehen muß?
Hagen. Komme, was kommen mag, ich bin bereit.
Volker. Ich hab uns alle bluten sehn im Traum,
Doch jeder hatte seine Wunde *hinten*,
Wie sie der Mörder, nicht der Held, versetzt,
Drum fürchte nichts, als Mäusefallen, Freund!
*(Beide ab.)*

### ZWEITE SZENE

*Bechlarn.*

*Empfangsaal. Götelinde von der einen Seite mit Gudrun, Rüdeger von der andern mit Dietrich und Hildebrant. Hinter ihnen Iring und Thüring.*

Götelinde. Es freut mich, edler Dieterich von Bern,
Euch in Bechlarn zu sehn, nicht minder gern
Erblick ich Euch, Herr Hildebrant. Ich habe
Nur eine Zunge, und ich kann mit ihr
Zwei tapfre Recken nicht auf einmal grüßen,
Allein ich hab zwei Hände, die dem Herzen,
Das Euch gleich stark entgegenschlägt, gleich willig
Gehorchen und
*(sie streckt ihre Hände aus)*
verbeßre so den Fehl.

Dietrich *(während der Begrüßung)*.
Zu milde Worte für so alte Knochen!

Hildebrant. Das find ich nicht. Ich küß sie noch einmal,
*(er küßt auch Gudrun)*
Da sie nun einmal doppelt vor mir steht.

Dietrich. Die Ähnlichkeit ist wirklich groß genug,
Um die Verwechslung zu entschuldigen.
*(Er küßt Gudrun gleichfalls.)*

Rüdeger. Nur immer zu!

Dietrich. Ich und mein Waffenmeister,
Wir spielen heut: Wer ist der größte Narr?
Mit braunen Köpfen haben wir gerauft,
Mit weißen küssen wir!

Götelinde *(zu Iring und Thüring)*. Euch, edle Herrn
Von Dänemark und Thüring, hab ich schon
So oft gesehn, daß ich Euch wohl als Freunde
Behandeln darf!

Iring *(während der Begrüßung)*. Herrn Dieterich gebührt
Der Rang auch ohne das. Wo er erscheint,
Tritt alles gern zurück.

Dietrich. Wenn wir uns so
Zusammenfinden, wir, die Amelungen,
Und Ihr, die Ihr aus fernstem Norden stammt,
Ein jeder mehr, als hundertmal, gekerbt
In blut'gen Kämpfen, wie ein Eichenbaum,

Den sich der Jäger für die Axt bezeichnet,
Doch nie gefällt, wie der, so möcht ich glauben,
Wir haben, ohne selbst darum zu wissen,
Das Kraut gepflückt, das vor dem Tode schützt.
I r i n g. Ein Wunder ist's.
T h ü r i n g. Das Wunder ist nicht groß!
Einst saßen wir auf unsren eignen Thronen,
Jetzt sind wir hier, um für den Heunenfürsten
Die blut'gen Nibelungen zu begrüßen
Und tragen unser Diadem zum Spott.
Herr Etzel hat sich seinen stolzen Hof
Aus Königen gebildet, und er sollte
Für sich auf einen neuen Namen sinnen,
Bei dem man gleich an dreißig Kronen denkt:
Wir aber hätten wohlgetan, das Zepter
Mit einem Bettelstabe zu vertauschen,
Der Stock, das schnöde Mittelding, entehrt.
D i e t r i c h. Auch ich bin unter Euch und kam von selbst.
T h ü r i n g. Jawohl, doch keiner ahnt, warum, und Etzel,
Das glaube nur, ist so erstaunt, wie wir.
Wärst du von meinem Holz, so würd ich glauben,
Du hättst dich eingefunden, um den Löwen
Zu spielen und ihn selber zu verschlingen,
Nachdem er Bär und Wolf im Magen hat,
Doch dies liegt deinem Wesen fern, ich weiß,
Und da du ganz aus freien Stücken tust,
Was wir aus Klugheit und aus halbem Zwang,
So mußt du wunderbare Gründe haben,
Die unser plumpe Kopf nicht fassen kann.
D i e t r i c h. Ich habe Gründe, und der Tag ist nah,
Wo Ihr sie kennenlernt.
I r i n g. Ich brenne drauf,
Sie zu erfahren, denn daß du dich beugst,
Wo du gebieten könntest, ist so seltsam,
Daß es, ich sag es frei, an Schande grenzt,
Besonders *dieser* Weg.
T h ü r i n g. Das mein ich auch!
R ü d e g e r. Vergeßt nicht Etzels Sinn und edle Art!
Ich würd ihm willig dienen, wenn ich auch
So frei, wie Dietrich, wäre, denn er ist
Uns gleich an Adel, doch wir hatten's leicht,

Wir erbten's mit dem Blut von unsern Müttern,
Er aber nahm es aus der eignen Brust!

Thüring. So fühl ich nicht, ich folge, weil ich muß,
Doch wäre ich, wie der –

Iring. Ich tröste mich
Mit unsern Göttern, denn derselbe Sturm,
Der uns die Kronen raubte, hat auch sie
Gestürzt, und wenn's mich auch einmal verdrießt,
Daß dieser *(er faßt an sein Diadem)*
Reif nicht länger blitzt, wie sonst,
So tret ich rasch in Wodans Eichenhain,
Und denk an den, der mehr verloren hat!

Dietrich. So machst du's recht! – Das große Rad der Welt
Wird umgehängt, vielleicht gar ausgetauscht,
Und keiner weiß, was kommen soll.

Rüdeger. Wie das?

Dietrich. Ich saß einst eine Nacht am Nixenbrunnen
Und wußte selbst nicht, wo ich war. Da hab ich
Gar viel erlauscht.

Rüdeger. Was denn?

Dietrich. Wer sagt's dir an?
Du hörst ein Wort und kannst es nicht verstehn,
Du siehst ein Bild und weißt es nicht zu deuten,
Und erst, wenn was geschieht, besinnst du dich,
Daß dir's die Norne schon vor Jahr und Tag
In Schattentänzen vorgegaukelt hat!

*(Trompeten.)*

Iring. Die Helden nahn!

Thüring. Die Mörder!

Rüdeger. Davon still!

Dietrich. So blieb ein Rätsel mir im Ohre hängen,
Das lautete: Der Riese soll den Riesen
Nicht fürchten, nur den Zwerg! Hättst du's gelöst?
Seit Siegfrieds Tod versteh ich's nur zu wohl.

Götelinde *(am Fenster. Die Trompeten ganz nahe).*
Da sind sie.

Gudrun. Welche muß ich küssen, Mutter?

Götelinde. Die Kön'ge und den Tronjer!

Rüdeger *(zu den Recken).* Kommt denn, kommt!

Dietrich. Ihr, um zu grüßen, um zu warnen ich.

Rüdeger. Wie?

Dietrich. Ja! Wenn sie auf meine Winke achten,
So trinken sie mit dir und kehren um! *(Im Abgehen.)*
Halt Feuer und Schwefel auseinander, Freund,
Denn löschen kannst du nicht, wenn's einmal brennt.
*(Alle ab.)*

## DRITTE SZENE

Götelinde. Tritt her zu mir, Gudrun, was zögerst du?
So edlen Gästen dürfen wir uns nicht
Gleichgültig zeigen.
Gudrun *(tritt gleichfalls ans Fenster).*
Mutter, sieh doch den,
Den Blassen mit den hohlen Totenaugen,
Der hat's gewiß getan.
Götelinde. Was denn getan?
Gudrun. Die arme Königin! Sie war doch gar
Nicht lustig auf der Hochzeit.
Götelinde. Was verstehst
Denn du davon? Du bist ja eingeschlafen,
Bevor sie's werden konnte.
Gudrun. Eingeschlafen!
Ich schlief in Wien nicht einmal ein, so jung
Ich damals auch noch war! – So saß sie da,
Den Kopf gestützt, als dächte sie an alles,
Nur nicht an uns, und wenn Herr Etzel sie
Berührte, zuckte sie, wie ich wohl zucke,
Wenn eine Schlange uns zu nahe kommt.
Götelinde. Pfui, pfui, Gudrun!
Gudrun. Du kannst mir's sicher glauben,
Ihr habt's nur nicht bemerkt. Du lobst mein Auge
Doch sonst –
Götelinde. Wenn's Nadeln aufzuheben gibt.
Gudrun. Der Vater nennt mich seinen Hauskalender –
Götelinde. Es soll nicht mehr geschehn, du wirst zu keck.
Gudrun. So war sie lustig?
Götelinde. Wie's der Witwe ziemt!
Nichts mehr davon! *(Sie tritt vom Fenster zurück.)*
Gudrun. Es fiel mir ja nur ein,
Als ich – *(Schreit auf.)*
Da ist er!

VIERTE SZENE

*Rüdeger tritt mit seinen Gästen und den Nibelungen ein. Giselher folgt später und hält sich abseits.*

Hagen. Wir erschrecken hier?
*(Allgemeine Begrüßung.)*
Hagen *(zu Gudrun).*
Man hat mich wohl verleumdet und verbreitet,
Daß ich nicht küssen kann? Hier der Beweis.
*(Er küßt sie, dann zu Götelinde.)*
Verzeiht mir, edle Frau! Ich war besorgt
Für meinen Ruf und mußte eilig zeigen,
Daß ich kein Lindwurm bin. Doch, wär ich's auch,
So hätt' ein Kuß von diesem Rosenmund
Mich so gewiß zum Schäfer umgewandelt,
Als es im schönsten Märchen je geschah.
Was soll ich? Veilchen suchen? Lämmer fangen?
Ich wette um den zweiten Kuß mit dir:
Die Blumen sollen nicht ein Blatt verlieren,
Die Lämmer nicht ein Haar! Sprich, gehst du's ein?
Rüdeger. Zum Imbiß jetzt! Im Grünen ist gedeckt.
Hagen. Erst laß uns deine Waffen doch besehn!
*(Tritt vor einen Schild.)*
Das ist ein Schild! Den Meister möcht ich kennen,
Der ihn geschmiedet hat. Doch hast du selbst ihn
Gewiß nicht aus der ersten Hand.
Rüdeger. Versuch's,
Ob du errätst, wer ihn vor mir besaß.
Hagen *(nimmt den Schild von der Wand).*
Ei, der ist schwer. Nur wen'ge gehn herum,
Die solch ein Erbstück nicht verschmähen müßten.
Götelinde. Hörst du, Gudrun?
Hagen. Du kannst ihn liegenlassen,
Wie einen Mühlenstein, wo's dir gefällt,
Er schützt sich selbst.
Götelinde. Habt Dank für dieses Wort.
Hagen. Wie, edle Frau?
Götelinde. Habt Dank, habt tausend Dank,
Es war mein Vater Nudung, der ihn trug.
Volker. Dann hatt' er Recht, als er Euch schwören ließ,
Euch keinem andern Recken zu vermählen,

Als dem, der seine Waffen brauchen könne,
Man denkt zum Schild sich leicht das Schwert hinzu.
Hagen. Das hab ich nie gehört. Was solch ein Fiedler
Doch alles weiß!
Rüdeger. Es war so, wie er sagt.
Hagen *(will den Schild wieder aufhängen)*.
Nun, ich beklage seinen Tod von Herzen,
Ich hätt' – verzeiht – ihn selbst erschlagen mögen,
Es muß ein trotz'ger Held gewesen sein.
Götelinde. Laßt ihn nur stehn.
Hagen. Das tut kein Knecht für mich.
Rüdeger. Schon gut. Wir wissen jetzt, was dir gefällt!
Hagen. Meinst du? Zum Balmung würd er freilich passen,
Den mir der wackre Siegfried hinterließ,
Und daß ich Waffen sammle, leugn' ich nicht.
Rüdeger. Nur nimmst du keine aus der ersten Hand.
Hagen. Ich liebe die erprobten, das ist wahr! *(Alle ab.)*

## FÜNFTE SZENE

Volker *(hält Giselher zurück)*.
Mein Giselher, ich muß dir was vertraun.
Giselher. Du mir?
Volker. Auch bitt ich dich um deinen Rat.
Giselher. Wir ritten fast die ganze Zeit zusammen,
Und jetzt auf einmal? Nun, so faß dich kurz!
Volker. Sahst du das Mägdlein? Doch, was frag ich noch,
Sie hielt ja keinen Becher in der Hand.
Giselher. Sprich nicht so dumm, ich hab sie wohl gesehn.
Volker. Du hast ja aber doch den Kuß verschmäht,
Den sie dir schuldig war –
Giselher. Was höhnst du mich?
Volker. Ich muß dich prüfen, eh ich's glauben kann,
Denn das vom Becher ist dein eignes Wort.
Wie alt erscheint sie dir?
Giselher. Nun laß mich aus!
Volker. Du hast noch Zeit. Führt sie den Mädchentitel
Schon unbestritten?
Giselher. Kümmert's dich?
Volker. Jawohl:
Ich möcht hier werben, und ich muß doch wissen,

Daß sie den Bräutigam nicht stehenläßt,
Wenn sie zum Blindekuh gerufen wird.
Giselher. *Du* willst hier werben? *Du?*
Volker. Nicht für mich selbst!
Mein Helm ist, trotz der Beulen, die er hat,
Noch blank genug, mir mein Gesicht zu zeigen.
O nein, für Gerenot.
Giselher. Für Gerenot?
Volker. Nun frag ich dich im Ernst: ist's Euch genehm?
Dann tu ich's gern! Hab ich's doch selbst gesehn,
Daß ihn's durchfuhr, als ob der Blitz ihn träfe,
Wie er dies Kind am Fenster stehen sah.
Giselher. Ihn? Er hat nicht einmal hinauf geschaut! –
Das war ja ich.
Volker. Das wärest du gewesen?
Sprachst du denn auch zu mir?
Giselher. Das glaub ich nicht,
Doch dafür sprech ich jetzt. Ihr habt ja immer
Gedrängt, ich sollte frein, und Gerenot
Am allermeisten – Nun, es wird geschehn!
Volker. Auf einmal?
Giselher. Wenn sie will. Ich hab den Kuß
Der Höflichkeit verschmäht –
Volker. Ist's wirklich so?
Giselher. Verpaßt, wenn's dir gefällt, wie meinen Teil
Vom großen Kuchen, doch es ist mir gleich,
Einen andern oder keinen! *(Rasch ab.)*

### SECHSTE SZENE

Volker. Ei, das kommt,
Wie's Fieber! Aber ganz zur rechten Zeit,
Drum blies ich auch hinein mit vollen Backen,
Denn, wenn wir uns mit Rüdeger verschwähern,
Ist Etzels redlichster Vasall uns Freund. *(Ab.)*

### SIEBENTE SZENE

*Garten.*

*Rüdeger und seine Gäste. Bankett im Hintergrund.*

Hagen. Hast du ihr im geheimen nichts gelobt?
Rüdeger. Hätt' ich's getan, so müßt ich's wohl verschweigen!

Hagen. Ich glaub es doch. Der Umsprung war zu rasch!
Erst war sie durch die Werbung tief gekränkt,
Dann war's ihr plötzlich recht.
Rüdeger. Und wenn es wäre:
Kann sie verlangen, was man weigern muß?
Hagen. Wer weiß! Doch mir ist's gleich!
Rüdeger. Ich kenne das!
Wohl mag ein Weib, das schwer beleidigt ist,
Auf Rache sinnen und in blut'gen Plänen
Uns alle überbieten: kommt der Tag,
Wo sich ein Arm für sie erheben will,
So hält sie selbst mit Zittern ihn zurück
Und ruft: Noch nicht!
Hagen. Kann sein! – Wo bleibst du, Volker?

## ACHTE SZENE

*Volker tritt auf.*

Volker. Ich hatte Krankendienst! – Die Luft bei Euch
Ist nicht gesund. Hier brechen Fieber aus,
Die über zwanzig Jahre ruhig schliefen,
Und das so heftig, wie ich's nie gesehn.
Rüdeger. Wo ist dein Kranker denn?
Volker. Da kommt er just!

## NEUNTE SZENE

*Giselher tritt auf.*

Rüdeger. Zu Tisch! Dort lösen wir dies Rätsel auf,
Wenn wir die Nüsse und die Mandeln knacken.
Giselher. Mein edler Markgraf, erst erlaubt ein Wort.
Rüdeger. So viel der Küchenmeister noch gestattet,
Nicht mehr noch weniger.
Giselher. Ich bitte Euch
Um Eurer Tochter Hand.
Gerenot. Ei, Giselher!
Giselher.
Ist's dir nicht recht? Sprich auch! Und laß uns schwören:
Wie uns das Los auch fällt, wir grollen nicht!
Du lachst? Du sprachst wohl schon und hast dein Ja?
Nun wohl, ich halt auch dann, was ich gelobt,
Doch nehm ich nie ein Weib!

Gerenot. Was fällt dir ein!
Rüdeger *(winkt Frau und Tochter).* Tritt her, Gudrun!
Hagen *(schlägt Giselher auf die Schulter).*
Du bist ein braver Schmied! –
Das wird ein Ring! – Ich leg mein Fürwort ein!
Gunther. Das tu auch ich. Es wird mich hoch erfreun,
Wenn ich auf diese reine Jungfraunstirn
Die Krone setzen darf.
Giselher *(zu Gudrun).* Und du?
Götelinde *(da Gudrun schweigt).* O weh!
So wißt Ihr's nicht schon längst durch das Gerücht?
Mein Kind ist taub und stumm.
Rüdeger. Ich geb Euch gern
Euer Wort zurück.
Giselher. Ich hab's noch nicht verlangt,
Sie wäre ohne das zu gut für mich.
Hagen. Recht, hämmre tüchtig zu! Denn solch ein Ring
Paßt ganz in unsre Kette.
*(Zu Volker.)* Wenn sie's wagt,
So soll sie zehnmal blut'ger sein, wie ich!
Giselher. Gudrun – Ach ich vergesse! Lehrt mich rasch
Die Zeichen, die Ihr braucht, mit ihr zu reden,
Und diesmal fragt für mich.
Gudrun. Ei, glaub's doch nicht,
Ich schämte mich ja nur.
Volker. Du liebes Kind!
Auf deinen Lippen muß ein Zauber wohnen,
Wer sich beim ersten Kuß was wünscht, der hat's.
Giselher. So sprich!
Gudrun. Mein Vater sprach ja auch noch nicht.
Hagen *(zu Rüdeger).*
Da hast du Vollmacht! Siegle! Denn dein Koch
Wird ungeduldig.
Rüdeger *(gegen Gunther).* Braucht es meiner noch?
Muß ich die Rolle jenes Narren spielen,
Dem eine Krone auf den Scheitel fiel,
Und der gen Himmel rief: Ich nehm sie an?
Es sei, und also sag ich ja! *(Zu Hagen.)*
Nun weißt du,
Wie tief ich gegen euch verschworen bin.
Hagen. So gebt euch denn die Hände! Brav! Der Ring

Ist fertig! Keinen Schlag mehr, Schmied! Die Hochzeit
Erst bei der Wiederkehr!
Giselher. Warum?
Götelinde. Ei wohl!
Rüdeger. Ich harrte sieben Jahr.
Hagen. Doch darfst du nicht
Zurückgewiesen werden, wenn dir auch
Ein Paar von deinen Gliedern fehlen sollten –
*(Zu Gudrun.)* Ich steh dafür, er kommt nicht ohne Kopf!
Rüdeger. Das gehn wir ein. Es gilt ja nur ein Fest.
Dietrich *(tritt plötzlich hinzu)*.
Wer weiß! Frau Kriemhild weint noch Tag und Nacht.
Hagen. Und Etzel duldet's? Pah! Da schellt der Koch.
Dietrich. Ich bin gekommen, um euch das zu sagen,
Es ist geschehn, nun achtet's, wie ihr wollt.
*(Geht mit Rüdeger zum Bankett.)*

ZEHNTE SZENE

Hagen. Hört ihr's? Das sprach Herr Dieterich von Bern.
Dietrich *(kehrt wieder um)*.
Seid auf der Hut, ihr stolzen Nibelungen,
Und wähnt nicht, daß ein jeder, der die Zunge
Jetzt für euch braucht, den Arm auch brauchen darf.
*(Folgt Rüdeger.)*

EILFTE SZENE

Volker. Das sprach ein König, der gewiß zuletzt
Auf Erden Argwohn schöpft.
Hagen. Sie kennen ihn.
Volker. Und weise Nixen, die dem Zauberborn
Entstiegen –
Hagen. Willst du schwatzen?
Gunther. Nun, was ist's?
Hagen. Sie meinten, gute Panzer täten not –
Volker. Und nützten doch zu nichts.
Gunther. Was tut's? Die Hülfe
Ist bei der Hand.
Hagen. Wie das?
Gunther. Du gehst zurück!
Hagen. Zurück?
Gunther. Jawohl! Du meldest meiner Mutter,

Was hier geschah, damit sie Betten stopft,
Und freust dich, daß du uns gerettet hast.
Denn die Gefahr, vor der du ewig warnst,
Ist nur für dich und nicht für uns vorhanden,
Wir sind gedeckt, sobald du selbst nur willst,
Und deinen Auftrag hast du! Kehr denn um!
Hagen. Gebeutst du's mir?
Gunther. Wenn ich gebieten wollte,
So hätt' ich's schon zu Worms am Rhein getan!
Hagen. Dann ist's ein Dienst, den ich dir weigern muß.
Gunther. Siehst du? Es ist dir nicht allein um mich!
Du willst nicht fehlen, wo man spotten könnte:
Wo bleibt er denn? Er fürchtet sich doch nicht?
Nun, was dich treibt, das treibt auch mich! Ich will
Nicht warten, bis der Heunenkönig mir
Ein Spinnrad schickt. Ja, wenn die Norne selbst
Mit aufgehobnem Finger mich bedräute,
Ich wiche keinen Schritt zurück! Und du
Bist unser Tod, wenn's drunten wirklich steht,
Wie du's uns prophezeist. Doch –
*(Er schlägt Hagen auf die Schulter.)* Komm nur, Tod!
*(Folgen den andern.)*

## DRITTER AKT

*Heunenland. König Etzels Burg. Empfangssaal.*

### ERSTE SZENE

*Kriemhild, Werbel, Swemmel.*

Kriemhild. So wagt er's ungeladen? Hagen Tronje,
Ich kannte dich!
Werbel. Er zieht voran und führt.
Kriemhild.
Greift gleich nach ihren Waffen, wenn sie kommen,
Ihr wißt, mit List.
Werbel. Es liegt uns selbst daran.
Kriemhild. Habt ihr denn auch noch Mut, nun ihr sie kennt?
Werbel. Dem Hornißschwarm erlag schon mancher Leu! –
Weiß Etzel etwas?

Kriemhild. Nein! – Und doch wohl: Ja.
Werbel. Es ist nur –
Kriemhild. Was?
Werbel. Auch in der Wüste ehren
Wir einen Gast.
Kriemhild. Ist Gast, wen keiner lud?
Werbel. Bei uns sogar der Feind.
Kriemhild. Vielleicht ist alles
Nicht nötig. Hier wird König Gunther frei,
Und wenn sich in Burgund der Henker findet,
So brauche ich die Heun'schen Rächer nicht.
Werbel. Doch, Königin –
Kriemhild. Euch halte ich auch dann,
Was ich euch schwur. Der Nibelungen Hort
Ist euer, wenn er liegt. Ich frage nicht,
Durch wen er fiel!
Werbel. Auch wenn wir nichts getan?
Trotz Etzels Zorn, dein bis zum Tod dafür!
Kriemhild.
Habt ihr die Königin Burgunds gesehn?
Werbel. Die sieht kein Mensch.
Kriemhild. Auch nicht von ihr gehört?
Werbel. Die wunderlichsten Reden gehen um.
Kriemhild. Was denn für Reden?
Werbel. Nun, es wird geflüstert,
Daß sie in einem Grabe haust.
Kriemhild. Und doch
Nicht tot?
Werbel. Sie hat es gleich nach dir bezogen,
Fort in der Nacht, nach Wochen erst entdeckt,
Und nicht mehr wegzubringen.
Kriemhild. Sie – Brunhild –
In Siegfrieds heil'ger Ruhestatt?
Werbel. So ist's.
Kriemhild. Vampyr.
Werbel. Am Sarge kauernd.
Kriemhild. Teufelskünste
Im Sinn.
Werbel. Kann sein. Allein im Auge Tränen,
Und mit den Nägeln bald ihr Angesicht
Zerkratzend, bald das Holz.

K r i e m h i l d. Da seht ihr's selbst!
W e r b e l. Der König gab Befehl, sie einzumauern,
Doch eilig setzte ihre graue Amme
Sich in die Tür.
K r i e m h i l d. Dich treib ich wieder aus! –
*(Nach langer Pause.)*
Und meine Mutter schickt mir diese Locke
Und fügte nicht ein einz'ges Wort hinzu?
W e r b e l. So ist's.
K r i e m h i l d. Sie soll mich mahnen, denk ich mir,
Daß ich die Brüder nicht zu lange halte.
W e r b e l. Es mag wohl sein.
K r i e m h i l d. Sie ist so weiß, wie Schnee.
W e r b e l. Doch hätte sie gewiß nicht dran gedacht,
Wenn sie ihr Traum nicht so geängstigt hätte,
Denn sie betrieb die Reise selbst mit Fleiß.
K r i e m h i l d. Was für ein Traum?
W e r b e l. Sie sah die Nacht, bevor
Wir ziehen sollten, alle Vögel tot
Vom Himmel fallen.
K r i e m h i l d. Welch ein Zeichen!
W e r b e l. Nicht?
Die Kinder scharrten sie mit ihren Füßen
Zusammen, wie im Herbst die dürren Blätter –
K r i e m h i l d. Und ihre Träume gehen immer aus! –
Das ist ein Pfand!
W e r b e l. Du jubelst? Sie erschrak
Und schnitt, als wir zu Pferde steigen wollten,
Vom greisen Haupt die Locke sich herunter,
Und gab sie mir, wie einen Brief, für dich.
K r i e m h i l d. Nun richtet euch!
W e r b e l. Das Netz ist schon gestellt.
*(Werbel und Swemmel ab.)*

## ZWEITE SZENE

K r i e m h i l d *(die Locke erhebend).*
Ich kann dich wohl verstehn! Doch fürchte nichts!
Mir ist's nur um den Geier, deine Falken
Sind sicher bis auf ihre letzte Feder,
Es wäre denn – doch nein, sie hassen sich!

### DRITTE SZENE

*Etzel tritt mit Gefolge ein.*

E t z e l. Nun wirst du doch mit mir zufrieden sein?
Und wenn du's noch nicht bist, so wirst du's werden,
Bevor ich dich verlasse. Sag nur an,
Wie ich die Deinigen begrüßen soll.
K r i e m h i l d. Mein König –
E t z e l. Stocke nicht! Bedinge dir's,
Wie's dir gefällt! Ich ging bis an das Tor,
Als ich den alten Dieterich von Bern
Zuerst empfing, und trug ein Diadem.
Dies war bis jetzt mein Höchstes, aber heut
Bin ich zu mehr bereit, damit sie sehn,
Daß auch der Heune dich zu schätzen weiß.
Bis an die fernsten Marken meines Reichs
Hab ich die Könige vorausgesandt,
Die mehr aus Wahl mir dienen, als aus Zwang,
Und Freudenfeuer, die von Berg zu Berg
Entzündet werden, flammen ihnen zu,
Daß sie an Etzels Hof willkommen sind
Und uns, auf welcher Straße sie sich nahn.
Soll ich nun auch noch Kronenprobe halten
Und meinen Purpur einmal wieder lüften,
So sprich's nur aus und kehr dich nicht daran,
Daß mich ein Zentner Eisen nicht so drückt,
Wie eine Unze Gold. Ich wähle mir
Die leichteste, und wenn du danken willst,
So kannst du sie mit einem roten Band
Mir für das Fest der Sonnenwende merken,
Damit ich sie sogleich zu finden weiß.
K r i e m h i l d.
Mein Herr und mein Gemahl, das wär zu viel.
E t z e l. Zu viel vielleicht für sie, doch nicht für dich!
Denn du erfülltest mir den letzten Wunsch,
Der mir auf Erden noch geblieben war,
Du schenktest mir den Erben für mein Reich,
Und was ich dir im ersten Vaterrausch
Gelobte, halt ich auch: Du kannst nicht fordern,
Was ich versagte, seit ein Sohn mir lebt.
Und wenn du nichts für dich verlangen magst,

So laß mich's an den Deinigen beweisen,
Daß es mir Ernst mit dieser Rede ist.
Kriemhild. Vergönne denn, daß ich sie nach Verdienst
Und Würdigkeit empfange und behandle,
Ich weiß am besten, was sich für sie schickt,
Und sei gewiß, daß jeder das erhält,
Was ihm gebührt, wie seltsam ich das Fest
Auch richten und die Stühle setzen mag.
Etzel. So sei's! Ich lud ja nur auf deinen Wunsch,
Denn Vettern, die mich sieben Jahr verschmähn,
Kann ich im achten, wie sie mich, entbehren,
Drum ordne alles, wie es dir gefällt.
Wenn du mein halbes Reich verschwenden willst,
So steht's dir frei, du bist die Königin,
Und wenn du deine Kuchen lieber sparst,
So ist's mir recht, du bist des Hauses Frau!
Kriemhild. Mein Herr und König, edel bist du stets
Mit mir verfahren, doch am edelsten
In dieser Stunde. Habe Dank dafür.
Etzel. Um eins nur bitt ich: Laß mich deiner Huld
Den alten Dieterich von Bern empfehlen,
Wenn du ihn ehrst, so tust du, was mich freut.
Kriemhild. Es soll geschehn, und das von Herzen gern.
Etzel. Die Herrn von Thüring und von Dänemark
Schickt ich hinab, die Gäste zu begrüßen,
Doch Dietrich zog aus freien Stücken mit.
Kriemhild. Er wird sie kennen!
Etzel. Nein, er kennt sie nicht.
Kriemhild. Sie ehren oder fürchten!
Etzel. Auch nicht! Nein!
Kriemhild. Dann ist es viel!
Etzel. Weit mehr noch, als du glaubst.
Denn sieh: Es sind drei Freie auf der Welt,
Drei Starke, welche die Natur, wie's heißt,
Nicht schaffen konnte, ohne Mensch und Tier
Vorher zu schwächen und um eine Stufe
Herab zu setzen –
Kriemhild. Drei?
Etzel. Der erste ist –
Vergib! Er war! Der zweite bin ich selbst.
Der dritte und der mächtigste ist *er*!

Kriemhild. Dietrich von Bern!
Etzel. Er hält es gern geheim
Und rührt sich nur, wie sich die Erde rührt,
Wenn er nicht anders kann, doch sah ich's selbst.
Du kennst die Heunen: tapfer, wie sie sind,
Muß ich den Übermut gewähren lassen,
Der sie erfüllt vom Wirbel bis zum Zeh!
Wer's Handwerk kennt, der weiß, daß der Soldat
Im Feld nur darum unbedingt gehorcht,
Weil er im Stall zuweilen trotzen darf,
Und willig läßt er ihm das kleine Recht,
Die Feder so, die Spange so zu tragen,
Das er mit seinem Blut so teuer zahlt.
Drum kann ich auch die edlen Könige
Nicht so vor aller Ungebühr bewahren,
Wie ich's wohl möchte, auch mein letzter Knecht
Will seinen Teil von Etzels Macht und Ruhm,
Die er als allgemeines Gut betrachtet,
Und zeigt's, indem er pfeift, wenn andre beten,
Und schnalzt, wenn er sie höflich grüßen sieht.
So wagte einer hinter Dietrichs Rücken
Denn auch ein freches Wort, und das den Tag,
An dem er kam, er sah sich schweigend um
Und schritt zu einer Eiche, riß sie aus
Und legte sie dem Spötter auf den Rücken,
Der knickte unter ihrer Last zusammen,
Und alles schrie: Der Berner lebe hoch!
Kriemhild. Das ahnt ich nicht!
Etzel. Er schwört sein Lob so ab,
Wie andre ihre Schande, und er würde
Die Taten gern verschenken, wie die Beute,
Wenn sich nur Nehmer fänden. Doch so ist's!
Kriemhild. Und dennoch? – Über allem Menschenkind,
Und dein Vasall?
Etzel. Ich selbst erschrak, als er
Mit abgelegter Krone vor mich trat
Und seinen Degen senkte. Was ihn trieb,
Das weiß ich nicht, allein er dient mir treuer,
Wie viele, die ich überwand im Feld,
Und schon an sieben Jahr! Ich hätt' ihn gern
Mit meinen reichsten Lehen ausgestattet,

Doch nahm er nichts, als einen Meierhof,
Und auch von diesem schenkt er alles weg,
Bis auf ein Osterei, das er verzehrt.
Kriemhild. Seltsam!
Etzel. Errätst auch du ihn nicht? Er ist
Ja Christ, wie du, und eure Bräuche sind
Uns fremd und unverständlich. Kriecht doch mancher
Von euch in Höhlen und verhungert da,
Wenn ihm kein Rabe Speise bringt, erklettert
In heißer Wüste schroffe Felsenklippen
Und horstet drauf, bis ihn der Wirbelwind
Herunterschleudert –
Kriemhild. Heilige und Büßer,
Doch Dietrich trägt ein Schwert.
Etzel. Gleichviel! Gleichviel! –
Ich möcht ihm endlich danken, und mir fehlt
Die Gabe, die er nimmt. Tu du's für mich!
Du bist uns noch das erste Lächeln schuldig:
Schenk's ihm.
Kriemhild. Du sollst mit mir zufrieden sein!

## VIERTE SZENE

*Werbel und Swemmel treten auf.*

Werbel.
Mein Fürst, es flammt schon von den nächsten Bergen!
Die Nibelungen nahn!
Etzel *(will hinunter).*
Kriemhild *(hält ihn zurück).* Ich geh hinab
Und führ sie in den Saal. Du aber bleibst
Und wartest ihrer, mag die Treppe ihnen
Auch länger werden, als der ganze Weg
Vom Rhein bis in die Heunenburg.
Etzel. Es sei.
Sie hatten auch ja Zeit. Ich will derweil
Die Helden durch das Fenster mir betrachten; *(folgt.)*
Komm, Swemmel, zeig mir einen jeden an. *(Ab. Swemmel*

## FÜNFTE SZENE

Kriemhild. Nun hab ich Vollmacht – Sie ist weit genug!
Er braucht mir nicht zu helfen, ich vollbringe

Es schon allein, wenn er mich nur nicht hindert,
Und daß er mich nicht hindert, weiß ich jetzt! *(Ab.)*

## SECHSTE SZENE

*Schloßhof.*
*Die Nibelungen mit Dietrich, Rüdeger, Iring und Thüring treten auf.*

Hagen. Da sind wir denn! Hier sieht's ja prächtig aus!
Was ist das für ein Saal?
Rüdeger. Der ist für euch,
Du wirst ihn noch vor Abend kennenlernen,
Er hat für mehr als tausend Gäste Raum.
Hagen. Wir glaubten auch, in keiner Bärenhöhle
Zu sitzen, weil wir nicht vom Rauch mehr leiden,
Wie unsre Väter in der alten Zeit,
Doch das ist ganz was andres!
*(Zu den Königen.)* Hütet euch,
Den asiat'schen Schwäher einzuladen:
Der schickt sein Pferd in euer Prunkgemach
Und fragt euch dann, wo Obdach ist für ihn.
Rüdeger. Herr Etzel sagt: Die Völker denken sich
Den König, wie das Haus, worin er wohnt!
Drum wendet er auf dieses all die Pracht,
Die er an seinem Leibe stolz verschmäht.
Hagen. Dann denken sie sich ihn mit so viel Augen,
Als ihnen Fenster hier entgegen funkeln,
Und zittern schon von fern. Doch hat er recht!
Rüdeger. Da kommt die Königin!

## SIEBENTE SZENE

*Kriemhild mit großem Gefolge tritt auf.*

Hagen. Noch immer schwarz!
Kriemhild *(zu den Nibelungen).*
Seid ihr es wirklich? Sind das meine Brüder?
Wir glaubten schon, es käm ein Feind gezogen,
So groß ist euer Troß. Doch seid gegrüßt!
*(Bewillkommnung, aber ohne Kuß und Umarmung.)*
Mein Giselher, den Herren von Burgund
Entbot die Heunenkönigin den Gruß,

Dich küßt die Schwester auf den treuen Mund.
Herr Dieterich, mir trug der König auf,
Euch Dank zu sagen, daß Ihr seine Gäste
Empfangen habt. Ich sag Euch diesen Dank!
*(Reicht ihm die Hand.)*

**Hagen.** Man grüßt die Herren anders, als die Mannen,
Das ist ein Zeichen wunderlicher Art,
Das manchen dummen Traum zu Ehren bringt.
*(Bindet seinen Helm fester.)*

**Kriemhild.**
Auch du bist da? Wer hat denn dich geladen?

**Hagen.** Wer meine Herren lud, der lud auch mich!
Und wem ich nicht willkommen bin, der hätte
Auch die Burgunden nicht entbieten sollen,
Denn ich gehör zu ihnen, wie ihr Schwert.

**Kriemhild.** Dich grüße, wer dich gerne sehen mag:
Was bringst du mir, daß du's von mir erwartest?
Ich habe dich des Abschieds nicht gewürdigt,
Wie hoffst du jetzt auf freundlichen Empfang!

**Hagen.** Was sollt ich dir wohl bringen, als mich selbst?
Ich trug noch niemals Wasser in das Meer
Und sollte neue Schätze bei dir häufen?
Du bist ja längst die Reichste von der Welt.

**Kriemhild.** Ich will auch nichts, als das, was mir gehört,
Wo ist's? Wo blieb der Hort der Nibelungen?
Ihr kommt mit einem Heer! Es war wohl nötig,
Ihn herzuschaffen. Liefert ihn denn aus!

**Hagen.** Was fällt dir ein? Der Hort ist wohl bewahrt,
Wir wählten einen sichren Ort für ihn,
Den einzigen, wo's keine Diebe gibt,
Er liegt im Rhein, wo er am tiefsten ist.

**Kriemhild.** So habt ihr das nicht einmal gutgemacht,
Was doch noch heut in eurem Willen steht?
Dich, sagst du, hielt man nötig für die Fahrt,
Und nicht den Hort? Ist das die neue Treu?

**Hagen.** Wir wurden auf das Fest der Sonnenwende
Geladen, aber nicht zum jüngsten Tag,
Wenn wir mit Tod und Teufel tanzen sollen,
So sagte man's uns nicht zur rechten Zeit.

**Kriemhild.** Ich frage nicht für mich nach diesen Schätzen,
Ich hab an meinem Fingerhut genug,

Doch Königinnen werden schlecht geachtet,
Wenn ihre Morgengabe gar nicht kommt.
Hagen. Wir trugen allzu schwer an unserm Eisen,
Um uns auch noch mit deinem Gold zu schleppen,
Wer meinen Schild und meinen Panzer wiegt,
Der bläst das Sandkorn ab und nicht hinzu.
Kriemhild. Ich bin hier noch die Brautgeschenke schuldig,
Doch das ist Etzels Sache, meine nicht,
So legt denn ab und folgt mir in den Saal,
Er wartet längst mit Ungeduld auf euch.
Hagen. Nein, Königin, die Waffen nehm ich mit,
Dir ständen Kämmrerdienste übel an!
*(Zu Werbel, der auf Kriemhilds Wink Hagens Schild ergreift.)*
Auch du bist gar zu höflich, süßer Bote,
Die Klauen sind dem Adler nie zur Last.
Kriemhild. Ihr wollt in Waffen vor den König treten?
So hat euch ein Verräter auch gewarnt,
Und kennt ich ihn, so sollt er selbst erleiden,
Womit er euch aus Hinterlist bedroht.
Dietrich *(tritt ihr gegenüber).*
Ich bin der Mann, ich, Dietrich, Vogt von Bern!
Kriemhild.
Das würd ich keinem glauben, als Euch selbst!
Euch nennt die Welt den edlen Dieterich,
Und blickt auf Euch, als wärt Ihr dazu da,
Um Feuer und Wasser einen Damm zu setzen
Und Sonne und Mond den rechten Weg zu zeigen,
Wenn sie einmal verirrten auf der Bahn:
Sind das die Tugenden, für die's der Zunge
An Namen fehlt, weil sie kein Mensch vor Euch
Besessen haben soll, daß Ihr Verwandte,
Die sich versöhnen wollen, neu verhetzt
Und Euren Mund zum Blasebalg erniedrigt,
Der tote Kohlen anzufachen sucht?
Dietrich. Ich weiß, worauf du sinnst, und bin gegangen,
Es zu verhüten.
Kriemhild. Und was wär denn das?
Wenn du den Wunsch in meiner Seele kennst,
Den du als Mann und Held verdammen darfst,
So nenn ihn mir und schilt mich, wie du magst.
Doch, wenn du schweigen mußt, weil du nicht wagst,

Mich eines Unrechts zu beschuldigen,
So fordre diesen ihre Waffen ab.
Hagen. Das braucht er nur zu tun, so hat er sie.
Dietrich. Ich steh dir für sie ein!
Kriemhild. Für Etzel auch,
Daß er die Doppelschmach nicht grimmig rächt?
Mit meinen Perlen schmückt die Nixe sich,
Mit meinem Golde spielt der plumpe Fisch,
Und statt sich hier zum Pfand des Friedens jetzt
Den Arm zu binden, blitzt ihr Schwert als Gruß.
Hagen. Herr Etzel war noch nimmer in Burgund,
Und wenn du selbst es ihm nur nicht verrätst,
So weiß er viel, was Brauch ist unter uns.
Kriemhild. Ein jeder wählt sein Zeichen, wie er will,
Ihr tretet unter dem des Blutes ein,
Doch merkt euch: wer da trotzt auf eignen Schutz,
Der ist des fremden quitt, und damit gut.
Hagen. Wir rechnen immer nur auf uns allein
Und achten alles übrige gering.
Dietrich. Ich werde selbst das Salzfaß überwachen,
Damit kein Zank entsteht.
Kriemhild. Du kennst sie nicht
Und wirst noch viel bereun!
Hagen *(zu Rüdeger).* Herr Markgraf, stellt
Euch doch als Blutsfreund vor. Da sieht sie gleich,
Daß wir ein friedliches Geschäft betreiben,
Denn Hochzeitsstifter suchen keinen Streit.
Ja, Königin, wir gehen zwar in Eisen,
Allein wir haben Minnewerk gepflogen
Und bitten dich, den neu geschloßnen Bund
Der Giselher vereinigt mit Gudrun,
Mit deinem Segen zu bekräftigen.
Kriemhild. Ist's so, Herr Rüdeger, und kann's so sein?
Giselher. Ja, Schwester, ja!
Kriemhild. Ihr seid vermählt?
Giselher. Verlobt.
Hagen. Die Hochzeit erst, wenn du gesegnet hast!
*(Zu Gunther.)*
Jetzt aber, scheint mir, wird es endlich Zeit,
Zu Hof zu gehn! Was sollen wir uns länger
Begaffen lassen!

Dietrich. Ich geleite euch! *(Ab mit den Nibelungen.)*
Kriemhild *(im Abgehen zu Rüdeger).*
Herr Rüdeger, gedenkt Ihr Eures Schwurs?
Die Stunde naht, wo Ihr ihn lösen müßt.
*(Beide ab, es erscheinen immer mehr Heunen.)*

## ACHTE SZENE

Rumolt. Wie dünkt Euch das?
Dankwart. Wir wollen unser Volk
Zusammenhalten und das übrige
Erwarten.
Rumolt. Seltsam ist's, daß König Etzel
Uns nicht entgegenkam. Er soll doch sonst
Von feinen Sitten sein.
Dankwart. Und wie das glupt
Und stiert und heimlich an den Arm sich stößt
Und wispert! *(Zu einigen Heunen, die zu nahe kommen.)*
Halt! Der Platz ist schon besetzt!
Auch der! Und der! Schon zwanzig Schritt von hier
Fängt meine große Zehe an. Wer wagt's,
Mir draufzutreten?
Rumolt *(nach hinten rufend).* Ebensoviel Raum
Brauch ich für meinen Buckel, und er ist
Empfindlich, wie ein Hühnerei.
Dankwart. Das hilft! –
Sie knurren zwar, doch ziehn sie sich zurück;
Unheimliches Gesindel, klein und frech.
Rumolt. Ich kukt einmal in eine finstre Höhle
Durch einen Felsenspalt hinein. Da glühten
Wohl dreißig Augenräder mir entgegen,
Grün, blau und feuergelb, aus allen Ecken
Und Winkeln, wo die Tiere kauerten,
Die Katzen und die Schlangen, die sie zwinkernd
In ihren Kreisen drehten. Schauerlich
Sah's aus, es kam mir vor, als hätt' sich eine
Gestirnte Hölle tief im Mittelpunkt
Der Erde aufgetan, wie all die Funken
So durcheinandertanzten, und ich fuhr
Zurück, weil ich nicht wußte, was es war.
Das kommt mir in den Sinn, nun ich dies Volk

So tückisch glupen sehe, und je dunkler
Der Abend wird, je besser trifft's.
Dankwart. An Schlangen
Und Katzen fehlt's gewiß nicht. Ob auch Löwen
Darunter sind?
Rumolt. Die Probe muß es lehren,
In meiner Höhle fehlten sie. Ich suchte
Den Eingang auf, sobald ich mich besann,
Denn draußen war es hell, und schoß hinein.
Auch traf gar mancher Pfeil, wie das Geächz
Mir meldete, doch hört ich kein Gebrüll
Und kein Gebrumm, es war die Brut der Nacht,
Die dort beisammensaß, die feige Schar,
Die kratzt und sticht, anstatt zu offnem Kampf
Mit Tatze, Klau und Horn hervorzuspringen,
Und eben so erscheinen mir auch die.
Gib acht, wenn sie uns nicht beschleichen können,
So hat's noch keine Not.
Dankwart. Verachten möcht ich
Sie nicht, denn Etzel hat die Welt mit ihnen
Erobert.
Rumolt. Hat er's auch bei uns versucht?
Er mähte Gras und ließ die Arme sinken,
Als er auf deutsche Eichen stieß!

## NEUNTE SZENE

*Werbel, schon vorher mit Swemmel unter den Heunen sichtbar, ihnen unbemerkt gefolgt von Eckewart.*

Werbel. Nun, Freunde,
Verlangt euch nicht ins Nachtquartier?
Dankwart. Es ist
Uns noch nicht angewiesen.
Werbel. Alles steht
Schon längst bereit.
*(Zu den Seinigen.)* Kommt! Mischt euch, wie sich's ziemt.
Dankwart. Halt! Wir Burgunden bleiben gern allein.
Werbel *(ermuntert die Seinigen zu kommen).*
Ei, was!
Dankwart. Noch einmal! Das ist unser Brauch.
Werbel. Im Krieg! Doch nicht beim Zechgelag!

Dankwart. Zurück!
Sonst laß ich ziehn!
Werbel. Wer sah noch solche Gäste!
Rumolt. Sie gleichen ihren Wirten auf ein Haar!
*(Es wird geklatscht.)*
Dankwart. Man klatscht uns zu. Wer ist's?
Rumolt. Errätst du's nicht?
Dankwart. Ein unsichtbarer Freund.
Rumolt. Ich sah vorhin
Den alten Eckewart vorüberschleichen,
Der Frau Kriemhild hinabgeleitet hat.
Dankwart. Glaubst du, daß der es war?
Rumolt. Ich denk es mir.
Dankwart. Der hat ihr Treu geschworen bis zum Tode
Und war ihr immer hold und dienstbereit,
Das wär ein Wink für uns.

## ZEHNTE SZENE

*Hagen kommt mit Volker zurück.*

Hagen. Wie steht's denn hier?
Dankwart. Wir halten uns, wie du's befohlen hast.
Rumolt. Und Kriemhilds Kämmrer klatscht uns Beifall zu.
Hagen. Nun, Etzel ist ein Mann nach meinem Sinn.
Dankwart. So?
Rumolt. Ohne Falsch?
Hagen. Ich glaub's. Er trägt den Rock
Des besten Recken, den sein Arm erschlagen,
Und spielt darin des Toten Rolle fort.
Das Kleid ist etwas eng für seine Schultern,
Auch platzt die Naht ihm öfter, als er's merkt,
Doch meint er's gut.
Dankwart. Warum denn kein Empfang?
Volker. Mir kam es vor, als wär er angebunden,
Und hätte uns nur darum nicht begrüßt.
Hagen. So war es auch. Sein Weib hat ihm gewehrt,
Hinabzusteigen, doch das bracht er reichlich
Durch seine Milde wieder ein.
Volker. Ich dachte
An meinen Hund, als er so überfreundlich
Die Hand uns bot. Der wedelt immer doppelt,

Wenn ihn sein Strick verhindert, mir entgegen-
Zuspringen bis zur Tür.
H a g e n. Ich dachte nicht
An deinen Hund, ich dachte an den Leuen,
Der Eisenketten, wie man sagt, zerreißt
Und Weiberhaare schont.
*(Zu Dankwart und Rumolt.)* Nun eßt und trinkt!
Wir haben's hinter uns und übernehmen
Die Wacht für euch!
D a n k w a r t *(zu Werbel und Swemmel).*
So führt uns, wenn's gefällt.
W e r b e l *(zu Swemmel).* Tu du's!
*(Heimlich.)* Ich muß sogleich zur Königin.
*(Alles zerstreut sich. Werbel geht in den Palast. Eckewart wird wieder sichtbar.)*

EILFTE SZENE

V o l k e r. Was meinst du?
H a g e n. Nimmer wird's mit Etzels Willen
Geschehen, daß man uns die Treue bricht,
Denn er ist stolz auf seine Redlichkeit,
Er freut sich, daß er endlich schwören kann,
Und füttert sein Gewissen um so besser,
Als er's so viele Jahre hungern ließ.
Doch sicher ist der Boden nicht, er dröhnt,
Wohin man tritt, und dieser Geiger ist
Der Maulwurf, der ihn heimlich unterwühlt.
V o l k e r. Oh, der ist falsch, wie's erste Eis! – Auch wollen
Wir überall des zahmen Wolfs gedenken,
Der plötzlich unterm Lecken wieder beißt.
Was nicht im Blut liegt, hält nicht vor. Doch sieh,
Wer schiebt sich da mit seinem weißen Haar
So wunderlich vorbei?
*(Eckewart schreitet langsam vorüber, wie einer, der in Gedanken mit sich selbst redet. Seine Gebärden in Einklang mit Volkers Schilderung.)*
H a g e n *(ruft).* Ei, Eckewart!
V o l k e r. Er raunt, er murmelt etwas in die Lüfte
Und stellt sich an, als sähe er uns nicht,
Ich will ihm folgen, denn er rechnet drauf.

Hagen. Pfui, Volker, ziemt es sich für uns, zu lauschen?
Schlag an den Schild und klirre mit dem Schwert!
*(Er rasselt mit seinen Waffen.)*
Volker. Jetzt macht er Zeichen.
Hagen. Nun, so kehr dich um.
*(Sie tun es; sehr laut.)*
Wer was zu melden hat, der meld es dort,
Wo man es noch nicht weiß.
Volker. Das ist –
Hagen. Schweig still,
Willst du dem Heunenkönig Schmach ersparen?
Er sehe selbst zu.
*(Eckewart schüttelt den Kopf und verschwindet.)*
Volker. Das ist mir zu kraus!
Hagen *(faßt ihn unter den Arm)*.
Mein Freund, wir sind auf deinem Totenschiff,
Von allen zweiunddreißig Winden dient
Uns keiner mehr, ringsum die wilde See,
Und über uns die rote Wetterwolke.
Was kümmert's dich, ob dich der Hai verschlingt,
Ob dich der Blitz erschlägt? Das gilt ja gleich,
Und etwas Beßres sagt dir kein Prophet!
Drum stopfe dir die Ohren zu, wie ich,
Und laß dein innerstes Gelüsten los,
Das ist der Todgeweihten letztes Recht.

## ZWÖLFTE SZENE

*Die Könige treten auf mit Rüdeger.*

Gunther. Ihr schöpft noch frische Luft?
Hagen. Ich will einmal
Die Lerche wieder hören.
Giselher. Die erwacht
Erst mit der Morgenröte.
Hagen. Bis dahin
Jag ich die Eule und die Fledermaus.
Gunther. Ihr wollt die ganze Nacht nicht schlafen gehn?
Hagen. Nein, wenn uns nicht Herr Rüdeger entkleidet.
Rüdeger. Bewahr mich Gott!
Giselher. Dann wache ich mit euch.
Hagen. Nicht doch! Wir sind genug und stehn euch gut,

Für jeden Tropfen Bluts, bis auf den einen,
Von dem die Mücke lebt.

Gerenot. So glaubst du –

Hagen. Nichts!
Es ist nur, daß ich gleich zu finden bin,
Wenn man mich sucht. Nun kriecht in euer Bett,
Wie's Zechern ziemt.

Gunther. Ihr ruft?

Hagen. Seid unbesorgt,
Es wird euch keiner rufen, als der Hahn.

Gunther. Dann gute Nacht!
*(Ab in den Saal mit den andern.)*

DREIZEHNTE SZENE

Hagen *(ihm nach).* Und merk dir deinen Traum,
Wie's deine Mutter bei der Abfahrt tat! *(Zu Volker.)*
Wir passen auf, daß er sich nicht erfüllt,
Bevor du ihn erzählen kannst! – Der ahnt
Noch immer nichts.

Volker. Doch! Er ist nur zu stolz,
Es zu bekennen.

Hagen. Nun, er wär auch blind,
Wenn er's nicht sähe, wie sich die Gesichter
Um uns verdunkeln, und die besten eben
Am meisten. *(Viele Heunen sind zurückgekehrt.)*

Volker. Schau!

Hagen. Da hast du das Geheimnis
Des Alten! Doch ich hatt' es wohl gedacht! –
Komm, setz dich nieder! Mit dem Rücken so!
*(Sie setzen sich, den Heunen ihre Rücken wendend.)*
Fängt's hinter dir zu trippeln an, so huste,
Dann wirst du's laufen hören, denn sie werden
Als Mäuse kommen und als Ratten gehn!

VIERZEHNTE SZENE

*Kriemhild erscheint mit Werbel oben auf der Stiege.*

Werbel. Siehst du! Dort sitzen sie!

Kriemhild. Die sehn nicht aus,
Als wollten sie zu Bett!

Werbel. Und wenn ich winke,
Stürzt meine ganze Schar heran.
Kriemhild. Wie groß
Ist die?
Werbel. An Tausend.
Kriemhild *(macht gegen die Heunen eine ängstlich zurückweisende Bewegung).*
Werbel. Was bedeutet das?
Kriemhild. Geh, daß sie sich nicht regen.
Werbel. Tun die Deinen
Dir plötzlich wieder leid?
Kriemhild. Du blöder Tor,
Die klatscht der Tronjer dir allein zusammen,
Indes der Spielmann seine Fiedel streicht.
Du kennst die Nibelungen nicht! Hinab!
*(Beide verschwinden.)*

FUNFZEHNTE SZENE

Volker *(springt auf).*
So geht's nicht mehr! *(Geigt eine lustige Melodie.)*
Hagen *(schlägt ihm auf die Fiedel).*
Nein, das vom Totenschiff!
Das Letzte, wie der Freund den Freund ersticht,
Und dann die Fackel – Das geht morgen los.

## VIERTER AKT

*Tiefe Nacht*

ERSTE SZENE

*Volker steht und geigt. Hagen sitzt wie vorher. Die Heunen in verwunderten und aufmerksamen Gruppen um beide herum. Man hört Volkers Spiel, bevor der Vorhang sich erhebt. Gleich nachher entfällt einem der Heunen sein Schild.*

Hagen. Hör auf! Du bringst sie um, wenn du noch länger
So spielst und singst. Die Waffen fallen schon.
Das war ein Schild! Drei Bogenstriche noch,
So folgt der Speer. Wir brauchen weiter nichts,

Als die Erzählung dessen, was wir längst
Vollbrachten, eh wir kamen, neuer Taten
Bedarf es nicht, um sie zu bändigen.

Volker *(ohne auf ihn zu achten, visionär).*
Schwarz war's zuerst! Es blitzte nur bei Nacht,
Wie Katzen, wenn man sie im Dunkeln streicht,
Und das nur, wenn's ein Hufschlag spaltete.
Da rissen sich zwei Kinder um ein Stück,
Sie warfen sich in ihrem Zorn damit,
Und eines traf das andere zu Tod.

Hagen *(gleichgültig).*
Er fängt was Neues an. Nur zu, nur zu!

Volker. Nun ward es feuergelb, es funkelte,
Und wer's erblickte, der begehrte sein
Und ließ nicht ab.

Hagen. Dies hab ich nie gehört! –
Er träumt wohl! Alles andre kenn ich ja!

Volker. Da gibt es wildern Streit und gift'gern Neid,
Mit allen Waffen kommen sie, sogar
Dem Pflug entreißen sie das fromme Eisen
Und töten sich damit.

Hagen *(immer aufmerksamer).* Was meint er nur?

Volker. In Strömen rinnt das Blut, und wie's erstarrt,
Verdunkelt sich das Gold, um das es floß,
Und strahlt in hellerm Schein.

Hagen. Ho, ho! Das Gold!

Volker. Schon ist es rot und immer röter wird's
Mit jedem Mord. Auf, auf, was schont ihr euch?
Erst, wenn kein einz'ger mehr am Leben ist,
Erhält's den rechten Glanz, der letzte Tropfen
Ist nötig, wie der erste.

Hagen. Oh, ich glaub's.

Volker. Wo blieb's? – Die Erde hat es eingeschluckt,
Und die noch übrig sind, zerstreuen sich
Und suchen Wünschelruten. Töricht Volk!
Die gier'gen Zwerge haben's gleich gehascht
Und hüten's in der Teufe. Laßt es dort,
So habt Ihr ew'gen Frieden! *(Setzt sich und legt die Fiedel [beiseite.)*

Hagen. Wachst du auf?

Volker *(springt wieder auf, wild).*
Umsonst! Umsonst! Es ist schon wieder da!

Und zu dem Fluch, der in ihm selber liegt,
Hat noch ein neuer sich hinzugesellt:
Wer's je besitzt, muß sterben, eh's ihn freut.
Hagen. Er spricht vom Hort. Nun ist mir alles klar.
Volker *(immer wilder).*
Und wird es endlich durch den Wechselmord
Auf Erden herrenlos, so schlägt ein Feuer
Daraus hervor mit zügelloser Glut,
Das alle Meere nicht ersticken können,
Weil es die ganze Welt in Flammen setzen
Und Ragnaroke überdauern soll. *(Setzt sich.)*
Hagen. Ist das gewiß?
Volker. So haben es die Zwerge
In ihrer Wut verhängt, als sie den Hort
Verloren.
Hagen. Wie geschah's?
Volker. Durch Götterraub!
Odin und Loke hatten aus Versehn
Ein Riesenkind erschlagen, und sie mußten
Sich lösen.
Hagen. Gab's denn einen Zwang für sie?
Volker. Sie trugen menschliche Gestalt und hatten
Im Menschenleibe auch nur Menschenkraft.

## ZWEITE SZENE

*Werbel erscheint unter den Heunen, flüsternd.*

Werbel. Nun! Seid ihr Spinnen, die man mit Musik
Verzaubert und entseelt? Heran! Es gilt!

## DRITTE SZENE

*Kriemhild mit Gefolge steigt herunter. Fackeln.*

Hagen. Wer naht sich da?
Volker. Es ist die Fürstin selbst.
Geht die so spät zu Bett? Komm, stehn wir auf!
Hagen. Was fällt dir ein? Nein, nein, wir bleiben sitzen.
Volker. Das brächt uns wenig Ehre, denn sie ist
Ein edles Weib und eine Königin.
Hagen. Sie würde denken, daß wir uns aus Furcht
Erhöben. Balmung, tu nicht so verschämt!

*(Legt den Balmung übers Knie.)*
Dein Auge funkelt dräuend durch die Nacht,
Wie der Komet. Ein prächtiger Rubin!
So rot, als hätt' er alles Blut getrunken,
Das je vergossen ward mit diesem Stahl.

Kriemhild. Da sitzt der Mörder!

Hagen. Wessen Mörder, Frau?

Kriemhild. Der Mörder meines Gatten.

Hagen. Weckt sie auf,
Sie geht im Traum herum. Dein Gatte lebt,
Ich habe noch zur Nacht mit ihm gezecht
Und stehe dir mit diesem guten Schwert
Für seine Sicherheit.

Kriemhild. O pfui! Er weiß
Recht wohl, von wem ich sprach, und stellt sich an,
Als wüßt er's nicht.

Hagen. Du sprachst von deinem Gatten,
Und das ist Etzel, dessen Gast ich bin.
Doch, es ist wahr, du hast den zweiten schon,
Denkst du in seinem Arm noch an den ersten?
Nun freilich, diesen schlug ich tot.

Kriemhild. Ihr hört!

Hagen. War das hier unbekannt? Ich kann's erzählen,
Der Spielmann streicht die Fiedel wohl dazu! –
*(Als ob er singen wollte.)*
Im Odenwald, da springt ein muntrer Quell –

Kriemhild *(zu den Heunen).*
Nun tut, was euch gefällt. Ich frag nicht mehr,
Ob ihr's zu Ende bringt.

Hagen. Zu Bett! Zu Bett!
Du hast jetzt andre Pflichten.

Kriemhild. Deinen Hohn
Erstick ich gleich in deinem schwarzen Blut:
Auf, Etzels Würger, auf, und zeigt es ihm,
Warum ich in das zweite Ehbett stieg.

Hagen *(steht auf).*
So gilt's hier wirklich Mord und Überfall?
Auch gut!
*(Klopft auf den Panzer.)* Das Eisen kühlt schon allzu stark,
Und nichts vertreibt den Frost so bald, wie dies.
*(Zieht den Balmung.)*

Heran! Ich seh der Köpfe mehr, als Rümpfe!
Was drückt ihr euch dahinten so herum?
Der Helme Glanz verriet euch längst.
*(Legt aus.)* Sie fliehn!
Noch ist Herr Etzel nicht dabei! – Zu Bett!

Kriemhild. Pfui! Seid ihr Männer?

Hagen. Nein, ein Haufen Sand,
Der freilich Stadt und Land verschütten kann,
Doch nur, wenn ihn der Wind ins Fliegen bringt.

Kriemhild. Habt ihr die Welt erobert?

Hagen. Durch die Zahl!
Die Million ist eine Macht, doch bleibt
Das Körnchen, was es ist!

Kriemhild. Hört ihr das an
Und rächt euch nicht?

Hagen. Nur zu! Brauch deinen Hauch,
Ich blase mit hinein!
*(Zu den Heunen.)* Kriecht auf dem Bauch
Heran und klammert euch an unsre Beine,
Wie ihr's in euren Schlachten machen sollt.
Wenn wir ins Stolpern und ins Straucheln kommen
Und durch den Purzelbaum zu Grunde gehn,
Um Hülfe schrein wir nicht, das schwör ich euch!

Kriemhild. Wenn ihr nur wen'ge seid, so braucht ihr auch
Mit wen'gen nur zu teilen!

Hagen. Und der Hort
Ist reich genug und käm die ganze Welt.
Ja, er vermehrt sich selbst, es ist ein Ring
Dabei, der immer neues Gold erzeugt,
Wenn man – Doch nein! Noch nicht!
*(Zu Kriemhild.)* Das hast auch du
Vielleicht noch nicht gewußt? Ihr könnt mir's glauben,
Ich hab's erprobt und teile das Geheimnis
Dem mit, der mich erschlägt! Es mangelt nur
Der Zauberstab, der Tote wecken kann!
*(Zu Kriemhild.)* Du siehst, es hilft uns allen beiden nichts,
Wir können diesen spröden Sand nicht ballen,
Drum stehn wir ab. *(Setzt sich nieder.)*

Kriemhild *(zu Werbel).* Ist das der Mut?

Werbel. Es wird
Schon anders werden.

Volker *(mit dem Finger deutend).* Eine zweite Schar!
Die Rüstung blitzt im ersten Morgenlicht,
Und abermals ein Geiger, der sie führt.
Hab Dank, Kriemhild, man sieht's an der Musik,
Zu welchem Tanz du uns geladen hast.

Kriemhild.
Was siehst du? Wenn der Zorn mich übermannte,
So tragt ihr selbst durch euren Hohn die Schuld,
Und wenn der Gast nicht schläft, so wird doch auch
Wohl für den Wirt das Wachen rätlich sein.

Hagen *(lacht).* Schickt Etzel die?

Kriemhild. Nein, Hund, ich tat es selbst,
Und sei gewiß, du wirst mir nicht entkommen,
Wenn du auch noch die nächste Sonne siehst.
Ich will zurück in meines Siegfrieds Gruft,
Doch muß ich mir das Totenhemd erst färben,
Und das kann nur in deinem Blut geschehn.

Hagen. So ist es recht! Was heucheln wir, Kriemhild?
Wir kennen uns. Doch merke dir auch dies:
Gleich auf das erste Meisterstück des Hirsches,
Dem Jäger zu entrinnen, folgt das zweite,
Ihn ins Verderben mit hinabzuziehn,
Und eins von beidem glückt uns sicherlich!

## VIERTE SZENE

*Gunther im Nachtgewand; Giselher, Gerenot usw. folgen.*

Gunther. Was gibt es hier?

Kriemhild. Die alte Klägerin!
Ich rufe Klage über Hagen Tronje
Und fordre jetzt zum letzten Mal Gericht.

Gunther. Du willst Gericht und pochst in Waffen an?

Kriemhild. Ich will, daß ihr im Ring zusammentretet,
Und daß ihr schwört, nach Recht und Pflicht zu sprechen,
Und daß ihr sprecht und euren Spruch vollzieht.

Gunther. Das weigre ich.

Kriemhild. So gib den Mann heraus!

Gunther. Das tu ich nicht.

Kriemhild. So gilt es denn Gewalt.
Doch nein, erst frag ich um. Mein Giselher
Und Gerenot, ihr habt die Hände rein,

Ihr dürft sie ruhig an den Mörder legen,
Euch kann er der Genossenschaft nicht zeihn!
So tretet ihr denn frei von ihm zurück
Und überlaßt ihn mir! – Wer zu ihm steht,
Der tut's auf seine eigene Gefahr.

Gerenot und Giselher *(treten Hagen mit gezogenen Schwertern zur Seite).*

Kriemhild. Wie? In den Wald seid ihr nicht mit geritten
Und habt die Tat verdammt, als sie geschah,
Jetzt wollt ihr sie verteidigen?

Gunther. Sein Los
Ist unsres!

Kriemhild. Doch!

Giselher. Oh, Schwester, halte ein,
Wir können ja nicht anders.

Kriemhild. Kann denn ich?

Giselher. Was hindert dich? Wir häuften ew'ge Schmach
Auf unser Haupt, wenn wir den Mann verließen,
Der uns in Not und Tod zur Seite stand.

Kriemhild.
Das habt ihr längst getan! Ihr seid mit Schmach
Bedeckt, wie niemals noch ein Heldenstamm.
Ich aber will euch an die Quelle führen,
Wo ihr euch waschen könnt.
*(Stößt Hagen vor die Brust.)* Hier sprudelt sie.

Hagen *(zu Gunther).* Nun?

Gunther. Ja, du hättst zu Hause bleiben sollen,
Doch, das ist jetzt gleichviel.

Kriemhild. Ihr habt die Treue
Gebrochen, als es höchste Tugend war,
Nicht einen Finger breit von ihr zu wanken,
Wollt ihr sie halten, nun es Schande ist?
Nicht die Verschwägrung und das nahe Blut,
Nicht Waffenbrüderschaft, noch Dankbarkeit
Für Rettung aus dem sichren Untergang,
Nichts regte sich für ihn in eurer Brust,
Er ward geschlachtet, wie ein wildes Tier,
Und wer nicht half, der schwieg doch, statt zu warnen
Und Widerstand zu leisten –
*(Zu Giselher.)* Du sogar!
Fällt alles das, was nicht ein Sandkorn wog,

Als es Erbarmen mit dem Helden galt,
Auf einmal, wie die Erde, ins Gewicht,
Nun seine Witwe um den Mörder klopft?
*(Zu Gunther.)* Dann siegelst du die Tat zum zweiten Mal
Und bist nicht mehr durch Jugend halb entschuldigt,
*(zu Giselher und Gerenot)* Ihr aber tretet bei und haftet mit.

Hagen. Vergiß dich selbst und deinen Teil nicht ganz!
Du trägst die größte Schuld.

Kriemhild. Ich!

Hagen. Du! Ja, Du!
Ich liebte Siegfried nicht, das ist gewiß,
Er hätt' mich auch wohl nicht geliebt, wenn ich
Erschienen wäre in den Niederlanden,
Wie er in Worms bei uns, mit einer Hand,
Die alle unsre Ehren spielend pflückte,
Und einem Blick, der sprach: Ich mag sie nicht!
Trag einen Strauß, in dem das kleinste Blatt
An Todeswunden mahnt, und der dich mehr
Des Blutes kostet, als dein ganzer Leib
Auf einmal in sich faßt, und laß ihn dir
Nicht bloß entreißen, nein, mit Füßen treten,
Dann küsse deinen Feind, wenn du's vermagst.
Doch dieses auf dein Haupt! Ich hätt's verschluckt,
Das schwör ich dir bei meines Königs Leben,
So tief der Groll mir auch im Herzen saß.
Da aber kam der scharfe Zungenkampf,
Er stand, du selbst verrietst es uns im Zorn,
Auf einmal eid- und pflichtvergessen da,
Und hätt' Herr Gunther ihm vergeben wollen,
So hätt' er auch sein edles Weib verdammt.
Ich leugne nicht, daß ich den Todesspeer
Mit Freuden warf, und freue mich noch jetzt,
Doch deine Hand hat mir ihn dargereicht,
Drum büße selbst, wenn hier zu büßen ist.

Kriemhild. Und büß ich nicht? Was könnte dir geschehn,
Das auch nur halb an meine Qualen reichte?
Sieh diese Krone an und frage dich!
Sie mahnt an ein Vermählungsfest, wie keins
Auf dieser Erde noch gefeiert ward,
An Schauderküsse, zwischen Tod und Leben
Gewechselt in der fürchterlichsten Nacht,

Und an ein Kind, das ich nicht lieben kann!
Doch meine Hochzeitsfreuden kommen jetzt,
Wie ich gelitten habe, will ich schwelgen,
Ich schenke nichts, die Kosten sind bezahlt.
Und müßt ich hundert Brüder niederhauen,
Um mir den Weg zu deinem Haupt zu bahnen,
So würd ich's tun, damit die Welt erfahre,
Daß ich die Treue nur um Treue brach. *(Ab.)*

## FÜNFTE SZENE

H a g e n. Nun werft euch in die Kleider, aber nehmt
Die Waffen, statt der Rosen, in die Hand.
G i s e l h e r. Sei unbesorgt! Ich halte fest zu dir,
Und nimmer krümmt sie mir ein Haar, auch hab
Ich's nicht um sie verdient.
H a g e n. Sie tut's, mein Sohn,
Drum rat ich, reite nach Bechlarn zurück!
Daß sie dich ziehen läßt, bezweifl' ich nicht,
Doch mehr erwarte nicht von ihr, und eile,
Sie hat ja recht, ich tat ihr grimmig weh!
G i s e l h e r. Du hast schon manchen schlechten Rat gegeben,
Dies ist der schlechteste!
*(Ab mit Gunther und Gerenot ins Haus.)*

## SECHSTE SZENE

H a g e n. Begreifst du den?
Er hat kein mildes Wort mit mir gesprochen,
Seit wir zurück sind aus dem Odenwald,
Und jetzt –
V o l k e r. Ich habe nie an ihm gezweifelt,
So finster seine Stirn auch war. Gib acht:
Er flucht dir, doch er stellt sich vor dich hin,
Er tritt dir mit der Ferse auf die Zehen
Und fängt zugleich die Speere für dich auf!
Des Weibes Keuschheit geht auf ihren Leib,
Des Mannes Keuschheit geht auf seine Seele,
Und eher zeigt sich dir das Mägdlein nackt,
Als solch ein Jüngling dir das Herz entblößt.
H a g e n. Es tut mir leid um dieses junge Blut! –

Der Tod steht aufgerichtet hinter uns,
Ich wickle mich in seinen tiefsten Schatten,
Und nur auf ihn fällt noch ein Abendrot. *(Beide ab.)*

### SIEBENTE SZENE

*Etzel und Dietrich treten auf.*

Dietrich. Nun siehst du selbst, wozu Kriemhild sie lud.
Etzel. Ich seh's.
Dietrich. Mir schien sie immer eine Kohle,
Die frischen Windes in der Asche harrt.
Etzel. Mir nicht.
Dietrich. Hast du denn nichts gewußt?
Etzel. Doch, doch!
Allein ich sah's mit Rüdegers Augen an
Und dachte, Weiberrache sei gesättigt,
Sobald sie ausgeschworen.
Dietrich. Und die Tränen?
Das Trauerkleid?
Etzel. Ich hörte ja von dir,
Daß eure Weise sei, den Feind zu lieben
Und mit dem Kuß zu danken für den Schlag:
Ei nun, ich hab's geglaubt.
Dietrich. So sollt es sein,
Doch ist nicht jeder stark genug dazu.
Etzel. Auch dacht ich mir, als sie so eifrig trieb,
Die Boten endlich doch hinabzusenden,
Es sei der Mutter wegen, denn ich weiß,
Daß sie nicht allzu kindlich von ihr schied,
Und auch, daß sie's bereut!
Dietrich. Die Mutter ist
Daheim geblieben, und ich zweifle selbst,
Daß man sie lud. Die andern aber haben
Den Hort, um den sie doch so viel gewagt,
Die Nacht vor ihrer Fahrt bei Fackelschein
Auf Nimmerwiedersehn im Rhein versenkt.
Etzel. Warum denn blieben sie nicht auch daheim?
Sie fürchteten doch nicht, daß ich den Geigern
Mit Ketten und Schwertern folgte?
Dietrich. Herr, sie hatten
Kriemhild ihr Wort gegeben, und sie mußten

Es endlich lösen, denn wen gar nichts bindet,
Den bindet das nur um so mehr, auch war
Ihr Sinn zu stolz, um die Gefahr zu meiden
Und Rat zu achten. Du bist auch gewohnt,
Dem Tod zu trotzen, doch du brauchst noch Grund,
Die nicht! Wie ihre wilden Väter sich
Mit eigner Hand nach einem lust'gen Mahl
Bei Sang und Klang im Kreise ihrer Gäste
Durchbohrten, wenn des Lebens beste Zeit
Vorüber schien, ja, wie sie trunknen Muts
Wohl gar ein Schiff bestiegen und sich schwuren,
Nicht mehr zurückzukehren, sondern draußen
Auf hoher See im Brudermörderkampf,
Der eine durch den anderen, zu fallen
Und so das letzte Leiden der Natur
Zu ihrer letzten höchsten Tat zu stempeln,
So ist der Teufel, der das Blut regiert,
Auch noch in ihnen mächtig, und sie folgen
Ihm freudig, wenn es einmal kocht und dampft.

Etzel. Sei's, wie es sei, ich danke dir den Gang,
Denn nimmer möcht ich Kriemhilds Schuldner bleiben,
Und jetzt erst weiß ich, wie die Rechnung steht.

Dietrich. Wie meinst du das?

Etzel. Ich glaubte viel zu tun,
Daß ich mich ihrer nach der Hochzeitsnacht
Sogleich enthielt –

Dietrich. Das war auch viel.

Etzel. Nein, nein,
Das war noch nichts! Doch so gewiß ich's tat,
Und noch gewisser, tu ich mehr für sie,
Wenn sie's verlangt. Das schwör ich hier vor dir!

Dietrich. Du könntest –

Etzel. Nichts, was du verdammen wirst,
Und doch wohl mehr, als sie von mir erwartet,
Sonst hätt' sie längst ein andres Spiel versucht.
*(Im Abgehen.)* Ja, ja, Kriemhild, ich schlage meine Schwäher
Nicht höher an, wie deine Brüder du,
Und wenn sie nur noch Mörder sind für dich,
Wie sollten sie für mich was Beßres sein!

*(Beide ab.)*

### ACHTE SZENE

*Dom.*

*Viele Gewappnete auf dem Platz. Kriemhild tritt mit Werbel auf.*

Kriemhild.
Hast du die Knechte von den Herrn getrennt?
Werbel. So weit, daß sie sich nicht errufen können.
Kriemhild. Wenn sie in ihrem Saal beisammensitzen
Und essen, überfallt ihr sie und macht
Sie alle nieder.
Werbel. Wohl, es wird geschehn.
Kriemhild *(wirft ihren Schmuck unter die Heunen).*
Da habt ihr Handgeld! – Reißt euch nicht darum,
Es gibt genug davon, und wenn ihr wollt,
So regnet's solche Steine noch vor Nacht.
*(Jubelgeschrei.)*

### NEUNTE SZENE

*Rüdeger tritt auf.*

Rüdeger. Du schenkst das halbe Königreich schon weg?
Kriemhild. Doch hab ich dir das Beste aufgehoben.
*(Zu den Heunen.)*
Seid tapfer! Um den Hort der Nibelungen
Kauft ihr die Welt, und wenn von euch auch tausend
Am Leben bleiben, braucht ihr nicht zu zanken,
Es sind noch immer tausend Könige!
*(Die Heunen zerstreuen sich in Gruppen.)*
Kriemhild *(zu Rüdeger).*
Hast du nicht was zu holen aus Bechlarn?
Rüdeger. Nicht, daß ich wüßte!
Kriemhild. Oder was zu schicken?
Rüdeger. Noch wen'ger, Fürstin.
Kriemhild. Nun, so schneide dir
Mit deinem Degen eine Locke ab,
Da stiehlt sich eine unterm Helm hervor –
Rüdeger. Wozu?
Kriemhild. Damit du was zu schicken hast.
Rüdeger.
Wie! Komm ich denn nicht mehr nach Haus zurück?
Kriemhild. Warum?

Rüdeger. Weil du ein Werk, wie dies, verlangst.
Das tut bei uns die Liebe an dem Toten,
Wenn sich der Tischler mit dem Hammer naht,
Der ihn in seinen Kasten nageln soll.

Kriemhild.
Die Zukunft kenn ich nicht. Doch nimm's nicht so!
Zu deinem Boten wähle Giselher
Und gib ihm auf, an keinem Blumengarten
Vorbeizureiten, ohne eine Rose
Für seine Braut zu pflücken. Ist der Strauß
Beisammen, steckt er ihn in meinem Namen
Ihr an die Brust und ruht sich aus bei ihr,
Bis sie aus deiner Locke einen Ring
Für mich geflochten hat. Daß ich den Dank
Verdiene, wird sich zeigen.

Rüdeger. Königin,
Er wird nicht gehn.

Kriemhild. Befiehl es ihm mit Ernst,
Du bist ja jetzt sein Vater, er dein Sohn,
Und wenn er den Gehorsam dir verweigert,
So wirfst du ihn zur Strafe in den Turm.

Rüdeger. Wie könnt ich das!

Kriemhild. Lock ihn mit List hinein,
Wenn's mit Gewalt nicht geht. Dann ist's so gut
Als wär er auf der Reise, und bevor
Er sich befreien kann, ist alles aus,
Der jüngste Tag ist auch der kürzeste!
Erwidre nichts! Wenn deine Tochter dir
Am Herzen liegt, so tust du, was ich sage,
Ich machte dir ein königlich Geschenk,
Denn – – Doch du kannst wohl selber prophezein!
Die blutigen Kometen sind am Himmel
Anstatt der frommen Sterne aufgezogen
Und blitzen dunkel in die Welt hinein.
Die guten Mittel sind erschöpft, es kommen
Die bösen an die Reihe, wie das Gift,
Wenn keine Arzenei mehr helfen will,
Und erst, wenn Siegfrieds Tod gerochen ist,
Gibt's wieder Missetaten auf der Erde,
So lange aber ist das Recht verhüllt
Und die Natur in tiefen Schlaf versenkt. *(Ab.)*

ZEHNTE SZENE

Rüdeger. Ist dies das Weib, das ich in einem See
Von Tränen fand? Mir könnte vor ihr grauen,
Doch kenn ich jetzt den Zauber, der sie bannt.
Ich Giselher verschicken! Eher werf ich
Des Tronjers Schild ins Feuer.

EILFTE SZENE

*Die Nibelungen treten auf.*

Rüdeger. Nun, ihr Recken,
So früh schon da?
Hagen. Es ist ja Messezeit,
Und wir sind gute Christen, wie ihr wißt.
Volker *(deutet auf einen Heunen).*
Wie? Gibt es so geputzte Leute hier?
Man sagt bei uns, der Heune wäscht sich nicht,
Nun läuft er gar als Federbusch herum? *(Zu Hagen.)*
Du frugst mich was.
Hagen. Ei wohl, es geht zum Sterben,
Da muß ich dich doch fragen: Stirbst du mit?
Volker *(wieder gegen den Heunen).*
Ist's aber auch ein Mensch und nicht ein Vogel,
Der rasch die Flügel braucht, wenn man ihn schreckt?
*(Wirft seinen Speer und durchbohrt ihn.)*
Doch! – Hier die Antwort! Lebt ich nicht auch mit?
Hagen. Brav, doppelt brav!
Werbel *(zu den Heunen).* Nun? Ist es jetzt genug?
*(Großes Getümmel.)*

ZWÖLFTE SZENE

*Etzel tritt rasch mit Kriemhild und seinen Königen auf und wirft sich zwischen die Heunen und die Nibelungen.*

Etzel. Bei meinem Zorn! Die Waffen gleich gestreckt!
Wer wagt es, meine Gäste anzugreifen?
Werbel. Herr, deine Gäste griffen selber an:
Schau her!
Etzel. Das tat Herr Volker aus Versehn!
Werbel. Vergib! Hier steht der Markgraf Rüdeger –
Etzel *(wendet ihm den Rücken).*

Seid mir gegrüßt, ihr Vettern! Doch warum
Noch jetzt im Harnisch?
Hagen *(halb gegen Kriemhild)*. Das ist Brauch bei uns,
Wenn wir auf Feste gehn. Wir tanzen nur
Nach dem Geklirr der Degen, und wir hören
Sogar die Messe mit dem Schild am Arm.
Etzel. Die Sitte ist besonders.
Kriemhild. Die nicht minder,
Den größten Unglimpf ruhig einzustecken
Und sich zu stellen, als ob nichts geschehn.
Wenn du dafür von mir den Dank erwartest,
So irrst du dich.
Dietrich. Ich bin heut Kirchenvogt,
Wer in die Messe will, der folge mir.
*(Er geht voran, die Nibelungen folgen in den Dom.)*

## DREIZEHNTE SZENE

Kriemhild *(faßt Etzel währenddem bei der Hand)*.
Tritt auf die Seite, Herr, recht weit, recht weit,
Sonst stoßen sie dich um, und wenn du liegst,
So kannst du doch nicht schwören, daß du stehst.
Etzel. Herr Rüdeger, keine Waffenspiele heut.
Kriemhild. Vielleicht dafür ein allgemeines Fasten?
Etzel. Ich bitt Euch, sagt's den Herrn von Dänemark
Und Thüring auch. Der alte Hildebrant
Weiß schon Bescheid.
Kriemhild. Herr Rüdeger, noch eins:
Was habt Ihr mir zu Worms am Rhein geschworen?
Rüdeger. Daß dir kein Dienst geweigert werden soll.
Kriemhild. Geschah das bloß in Eurem eignen Namen?
Etzel. Was Rüdeger gelobte, halte ich.
Kriemhild. Nun: König Gunther wandte still den Rücken,
Als Hagen Tronje seinen Mordspieß warf,
Hättst du den deinen heute auch gewandt,
So wärst du quitt gewesen gegen mich,
Doch da du's hinderst, daß ich selbst mir helfe,
So fordre ich des Mörders Haupt von dir!
Etzel. Ich bring's dir auch, wenn er dir nicht das meine
Zu Füßen legt.
*(Zu Rüdeger.)* Nun geh!

Kriemhild. Wozu denn noch?
Bei Waffenspielen gibt es immer Streit,
Und nie vollbringt ihr euer Werk so leicht,
Als wenn die wilde Flamme einmal lodert
Und alles grimmig durcheinander rast.
Ich kam, weil ich mich hier erraten glaubte,
Verstehst du mich noch heute nicht? Darauf!
Etzel. Nein, Kriemhild, nein, so ist es nicht gemeint!
Solang er unter meinem Dach verweilt,
Wird ihm kein Haar gekrümmt, ja, könnt ich ihn
Durch bloße Wünsche töten, wär er sicher:
Was soll noch heilig sein, wenn nicht der Gast?
*(Er winkt Rüdeger, dieser geht.)*

VIERZEHNTE SZENE

Kriemhild. So redest du? Das wird dir schlecht gedankt!
Man hält dich für den Brecher und Verächter
Von Brauch und Sitte, für den Hüter nicht,
Und wundert sich noch immer, wenn ein Bote
Von dir erscheint, daß er mit dir gesprochen
Und doch nicht Arm und Bein verloren hat.
Etzel. Man sieht mich, wie ich war, nicht wie ich bin! –
Ich ritt einmal das Roß, von dem dir nachts
In dem gekrümmten, funkelnden Kometen
Am Himmel jetzt der Schweif entgegen blitzt.
Im Sturme trug es mich dahin, ich blies
Die Throne um, zerschlug die Königreiche
Und nahm die Könige an Stricken mit.
So kam ich, alles vor mir niederwerfend,
Und mit der Asche einer Welt bedeckt,
Nach Rom, wo euer Hoherpriester thront.
Den hatt' ich bis zuletzt mir aufgespart,
Ich wollt ihn samt der Schar von Königen
In seinem eignen Tempel niederhauen,
Um durch dies Zorngericht, an allen Häuptern
Der Völker durch dieselbe Hand vollstreckt,
Zu zeigen, daß ich Herr der Herren sei,
Und mit dem Blute mir die Stirn zu salben,
Wozu ein jeder seinen Tropfen gab.
Kriemhild. So hab ich mir den Etzel stets gedacht,

Sonst hätt' Herr Rüdeger mich nicht geworben;
Was hat ihn denn verwandelt?

E t z e l. Ein Gesicht
Furchtbarer Art, das mich von Rom vertrieb!
Ich darf es keinem sagen, doch es hat
Mich so getroffen, daß ich um den Segen
Des Greises flehte, welchem ich den Tod
Geschworen hatte, und mich glücklich pries,
Den Fuß zu küssen, der den Heil'gen trug.

K r i e m h i l d. Was denkst du denn zu tun, den Eid zu lösen?

E t z e l *(deutet gen Himmel).*
Mein Roß steht immer noch gesattelt da,
Du weißt, es ist schon halb zum Stall heraus,
Und wenn sich's wieder wandte und den Kopf
In Wolken tief versteckte, so geschah's
Aus Mitleid und Erbarmen mit der Welt,
Die schon sein bloßer Schweif mit Schrecken füllt.
Denn seine Augen zünden Städte an,
Aus seinen Nüstern dampfen Pest und Tod,
Und wenn die Erde seine Hufen fühlt,
So zittert sie und hört zu zeugen auf.
Sobald ich winke, ist es wieder unten,
Und gern besteig ich's in gerechter Sache
Zum zweiten Mal und führe Krieg für dich.
Ich will dich rächen an den Deinigen
Für all dein Leid, und hätt' es längst getan,
Hättst du dich mir vertraut, nur müssen sie
In vollem Frieden erst geschieden sein.

K r i e m h i l d. Bis dahin aber dürfen sie beginnen,
Was sie gelüstet, und den Bart dir rupfen,
Wenn's ihnen so gefällt?

E t z e l. Wer sagt dir das?

K r i e m h i l d. Sie stechen deine Mannen tot, und du
Erklärst es für Versehn.

E t z e l. Sie glaubten sich
Verraten, und ich mußte ihnen zeigen,
Daß sie's nicht sind. In dieser letzten Nacht
Geschah gar viel, was ich nicht loben kann
Und sie entschuldigt. Sonst verlaß dich drauf:
Wie ich die Pflichten eines Wirtes kenne,
So kenn ich die des Gastes auch, und wer

Den Spinnwebsfaden, der uns alle bindet,
Wenn wir das Haus betreten, frech zerreißt,
Der trägt die Eisenkette, eh er's denkt.
Sei unbesorgt und harre ruhig aus,
Ich bringe dir für jeden Becher Wein,
Den sie hier trinken, eine Kanne Blut,
Wenn ich auch jetzt die Mücken für sie klatsche,
Nur duld ich nicht Verrat und Hinterlist. *(Ab.)*

### FUNFZEHNTE SZENE

Kriemhild.
Krieg! Was soll mir der Krieg! Den hätt' ich längst
Entzünden können! Doch, das wäre Lohn,
Anstatt der Strafe. Für die Schlächterei
Im dunklen Wald der offne Heldenkampf?
Vielleicht sogar der Sieg? Wie würd er jubeln,
Wenn er's erlangen könnte, denn er hat
Von Jugend auf nichts Besseres gekannt!
Nein, Etzel, Mord um Mord! Der Drache sitzt
Im Loch, und wenn du dich nicht regen willst,
Als bis er dich gestochen hat, wie mich,
So soll er's tun! – Jawohl, so soll er's tun! *(Ab.)*

### SECHZEHNTE SZENE

*Werbel zieht mit den Seinigen vorüber.*

Werbel. Sie sind bei Tisch! Nun rasch! Besetzt die Türen,
Wer aus dem Fenster springt, der bricht den Hals.
*(Die Heunen jubeln und schlagen die Waffen zusammen.)*

### SIEBZEHNTE SZENE

*Großer Saal. Bankett.*
*Dietrich und Rüdeger treten ein.*

Dietrich. Nun, Rüdeger?
Rüdeger. Es steht in Gottes Hand,
Doch hoff ich immer noch.
Dietrich. Ich sitze wieder
Am Nixenbrunnen, wie in jener Nacht,
Und hör in halbem Schlaf und wie im Traum
Das Wasser rauschen und die Worte fallen,
Bis plötzlich – Welch ein Rätsel ist die Welt!

Hätt' sich zur Unzeit nicht ein Tuch verschoben,
So wüßt ich mehr, wie je ein Mensch gewußt!
R ü d e g e r. Ein Tuch?
D i e t r i c h. Ja, der Verband um meinen Arm,
Denn eine frische Wunde hielt mich wach.
Sie pflogen drunten Zwiesprach, schienen selbst
Den Mittelpunkt der Erde auszuhorchen,
Den Nabel, wie ich sie, und flüsterten
Sich zu, was sie erfuhren, zankten auch,
Wer recht verstanden oder nicht und raunten
Von allerlei. Vom großen Sonnenjahr,
Das über alles menschliche Gedächtnis
Hinaus in langen Pausen wiederkehrt.
Vom Schöpfungsborn, und wie er kocht und quillt
Und überschäumt in Millionen Blasen,
Wenn das erscheint. Von einem letzten Herbst,
Der alle Formen der Natur zerbricht,
Und einem Frühling, welcher beßre bringt.
Von Alt und Neu, und wie sie blutig ringen,
Bis eins erliegt. Vom Menschen, der die Kraft
Des Leuen sich erbeuten muß, wenn nicht
Der Leu des Menschen Witz erobern soll.
Sogar von Sternen, die den Stand verändern,
Die Bahnen wechseln und die Lichter tauschen,
Und wovon nicht!
R ü d e g e r. Allein das Tuch! Das Tuch!
D i e t r i c h. Sogleich! Du wirst schon sehn. Dann kamen sie
Auf Ort und Zeit, und um so wichtiger
Die Kunde wurde, um so leiser wurde
Das Flüstern, um so gieriger mein Ohr.
Wann tritt dies Jahr denn ein? So fragt ich mich
Und bückte mich hinunter in den Brunnen
Und horchte auf. Schon hört ich eine Zahl
Und hielt den Odem an. Doch da erscholl
Ein jäher Schrei: Hier fällt ein Tropfen Bluts,
Man lauscht! Hinab! Husch, husch! Und alles aus.
R ü d e g e r. Und dieser Tropfen?
D i e t r i c h. War von meinem Arm,
Ich hatte, aufgestützt, das Tuch verschoben
Und kam so um das Beste, um den Schlüssel,
Jetzt aber, fürcht ich, brauch ich ihn nicht mehr!

### ACHTZEHNTE SZENE

*Die Nibelungen treten ein, von Iring und Thüring geführt. Zahlreiches Gefolge.*

Rüdeger. Sie kommen.
Dietrich. Wie zur Schlacht.
Rüdeger. Nur nichts bemerkt.
Hagen. Ihr lebt hier still, Herr Dietrich. Wie vertreibt
Ihr Euch die Zeit?
Dietrich. Durch Jagd und Waffenspiel.
Hagen. Doch! Davon hab ich heut nicht viel erblickt.
Dietrich. Wir haben einen Toten zu begraben.
Hagen. Ist's der, den Volker aus Versehn erstach?
Wann wird das sein? Da dürfen wir nicht fehlen,
Um Reu und Leid zu zeigen.
Dietrich. Wir erlassen's
Euch gern.
Hagen. Nein, nein! Wir folgen!
Dietrich. Still! Der König!

### NEUNZEHNTE SZENE

*Etzel tritt mit Kriemhild ein.*

Etzel. Auch hier in Waffen?
Hagen. Immer.
Kriemhild. Das Gewissen
Verlangt es so.
Hagen. Dank, edle Wirtin, Dank!
Etzel *(setzt sich)*.
Gefällt es Euch?
Kriemhild. Ich bitte, wie es kommt.
Gunther. Wo sind denn meine Knechte?
Kriemhild. Wohl versorgt.
Hagen. Mein Bruder steht für sie.
Etzel. Und ich, ich stehe
Für meinen Koch.
Dietrich. Das ist das Wichtigste!
Hagen. Der leistet wirklich viel. Ich hörte oft,
Der Heune haue vom lebend'gen Ochsen
Sich eine Keule ab und reite sich
Sie mürbe unterm Sattel –

Etzel. Das geschieht,
Wenn er zu Pferde sitzt, und wenn's an Zeit
Gebricht, ein lust'ges Feuer anzumachen.
Im Frieden sorgt auch er für seinen Gaumen
Und nicht bloß für den undankbaren Bauch.
Hagen. Schon gestern abend hab ich das bemerkt.
Und solch ein Saal dabei! Auf dieser Erde
Kommt nichts dem himmlischen Gewölb so nah,
Man sieht sich um nach dem Planetentanz.
Etzel. Den haben wir nun freilich nicht gebaut! –
Es ging mir wunderlich auf meinem Zug:
Als ich ihn antrat, war ich völlig blind,
Ich schonte nichts, ob Scheune oder Tempel,
Dorf oder Stadt, ich warf den Brand hinein.
Doch als ich wiederkehrte, konnt ich sehn,
Und halbe Trümmer, um die letzte Stunde
Mit Sturm und Regen kämpfend, drangen mir
Das Staunen ab, das ich dem Bau versagt,
Als er noch stand in seiner vollen Pracht.
Volker.
Das ist natürlich. Sieht man doch den Toten
Auch anders an, als den Lebendigen,
Und gräbt ihm mit demselben Schwert ein Grab,
Mit dem man kurz zuvor ihn niederhieb.
Etzel. So hatt' ich auch dies Wunderwerk zerstört
Und fluchte meiner eignen Hand, als ich's
Im Schutt nach Jahren wieder vor mir sah.
Da aber trat ein Mann zu mir heran,
Der sprach: Ich hab's das erste Mal erbaut,
Es wird mir auch das zweite Mal wohl glücken!
Den nahm ich mit und darum steht es hier.

## ZWANZIGSTE SZENE

*Ein Pilgrim tritt ein, umwandelt die Tafel und bleibt bei Hagen stehen.*

Pilgrim. Ich bitt Euch um ein Brot und einen Schlag,
Das Brot für Gott den Herrn, der mich geschaffen,
Den Schlag für meine eigne Missetat.
*(Hagen reicht ihm ein Brot.)*

Ich bitt! Mich hungert, und ich darf's nicht essen,
Bevor ich auch den Schlag von Euch empfing.
Hagen. Seltsam!
*(Gibt ihm einen sanften Schlag. Pilgrim geht.)*

EINUNDZWANZIGSTE SZENE

Hagen. Was war denn das?
Dietrich. Was meint Ihr wohl?
Hagen. Verrückt?
Dietrich. Nicht doch! Ein stolzer Herzog ist's.
Hagen. Wie kann das sein?
Dietrich. Ein hoher Thron steht leer,
Solang er pilgert, und ein edles Weib
Sieht nach ihm aus.
Hagen *(lacht)*. Die Welt verändert sich.
Rüdeger. Man sagt, er sei schon einmal heimgezogen
Und an der Schwelle wieder umgekehrt.
Hagen. Fort mit dem Narren! Käm er noch einmal,
So weckt ich rasch mit einem andern Schlag
Den Fürsten in ihm auf.
Dietrich. Es ist doch was!
Zehn Jahre sind herum, und endlich kommt er
Des Abends auf sein Schloß. Schon brennt das Licht,
Er sieht sein Weib, sein Kind, er hebt den Finger,
Um anzupochen, da ergreift es ihn,
Daß er des Glückes noch nicht würdig ist,
Und leise, seinem Hund, der ihn begrüßt,
Den Mund verschließend, schleicht er wieder fort,
Um noch einmal die lange Fahrt zu machen,
Von Pferdestall zu Pferdestall sich betteInd
Und, wo man ihn mit Füßen tritt, verweilend,
Bis man ihn küßt und an den Busen drückt.
Es ist doch was!
Hagen *(lacht)*. Ha, ha! Ihr sprecht, wie unser
Kaplan am Rhein!
Etzel. Wo bleiben aber heut
Die Geiger nur?
Kriemhild. Es ist ja einer da,
Der alle andern zum Verstummen bringt.
So spielt denn auf, Herr Volker!

Volker. Sei's darum,
Nur sagt mir, was Ihr hören wollt.
Kriemhild. Sogleich!
*(Sie winkt einem Diener, welcher abgeht.)*
Giselher *(erhebt den Becher und trinkt).*
Schwester!
Kriemhild *(gießt ihren Becher aus, zu Rüdeger).*
Du hast dein Haar zu lieb gehabt,
Jetzt wirst du mehr verlieren!

## ZWEIUNDZWANZIGSTE SZENE

*Otnit wird von vier Reisigen auf goldenem Schild hereingetragen.*

Etzel. Das ist recht!
Kriemhild.
Seht ihr dies Kind, das mehr der Kronen erbt,
Als es auf einmal Kirschen essen kann?
So singt und spielt zu seinem Ruhm und Preis.
Etzel. Nun, Vettern? Ist der Junker groß genug
Für seine Jahre?
Hagen. Gebt ihn erst herum,
Daß wir ihn recht besehn.
Kriemhild *(zu Otnit).* Mach du den Hof,
Bis man ihn dir macht.
*(Otnit wird herumgegeben; wie er zu Hagen kommt:)*
Etzel. Nun?
Hagen. Ich möchte schwören,
Er lebt nicht lange!
Etzel. Ist er denn nicht stark?
Hagen. Ihr wißt, ich bin ein Elfenkind und habe
Davon die Totenaugen, die so schrecken,
Doch auch das doppelte Gesicht. Wir werden
Bei diesem Junker nie zu Hofe gehn.
Kriemhild.
Ist dies das Lied? Da spricht wohl nur dein Wunsch!
Macht Ihr es gut, Herr Volker, stimmt nicht länger,
Der junge König nimmt's noch nicht genau.

DREIUNDZWANZIGSTE SZENE

*Dankwart tritt in blutbedecktem Panzer ein.*

Dankwart.
Nun, Bruder Hagen, nun? Ihr bleibt ja lange
Bei Tische sitzen! Schmeckt's denn heut so gut?
Nur immer zu, die Zeche ist bezahlt!
Gunther. Was ist geschehn?
Dankwart. Von allen den Burgunden,
Die Ihr mir anvertrautet, ist nicht einer
Am Leben mehr. Das war für Euren Wein.
Hagen *(steht auf und zieht. Getümmel).*
Und du?
Kriemhild. Das Kind! Mein Kind!
Hagen *(sich über Otnit lehnend zu Dankwart).*
Du triefst von Blut!
Kriemhild. Er bringt es um!
Dankwart. Das ist nur roter Regen,
*(er wischt sich das Blut ab)*
Du siehst, es quillt nicht nach, doch alle andern
Sind hin.
Kriemhild. Herr Rüdeger! Helft!
Hagen *(schlägt Otnit den Kopf herunter).*
Hier, Mutter, hier! –
Dankwart, zur Tür!
Volker. Auch da ist noch ein Loch!
*(Dankwart und Volker besetzen beide Türen des Saales.)*
Hagen *(springt auf den Tisch).*
Nun, laßt denn sehn, wer Totengräber ist.
Etzel. Ich! – Folgt mir!
Dietrich *(zu Volker).* Platz dem König!
*(Etzel und Kriemhild schreiten hindurch, Rüdeger, Hildebrant, Iring und Thüring folgen; als sich auch andere anschließen.)*
Volker. Ihr zurück!
Etzel *(in der Tür).*
Ich wußte nichts vom Mord an Euren Knechten
Und hätt' ihn so bestraft, daß Ihr mir selbst
Ins Schwert gefallen wärt. Dies schwör ich Euch!
Dies aber auch: Jetzt seid Ihr aus dem Frieden
Der Welt gesetzt und habt zugleich die Rechte
Des Kriegs verwirkt! Wie ich aus meiner Wüste
Hervorbrach, unbekannt mit Brauch und Sitte,

Wie Feuer und Wasser, die vor weißen Fahnen
Nicht stehen bleiben und gefaltne Hände
Nicht achten, räch ich meinen Sohn an Euch
Und auch mein Weib. Ihr werdet diesen Saal
Nicht mehr verlassen, Ihr, Herr Dieterich,
Bürgt mir dafür, doch was den Heunenkönig
Auf dieser Erde einst so furchtbar machte,
Das sollt Ihr sehn in seinem engen Raum!
*(Ab. Allgemeiner Kampf.)*

## FÜNFTER AKT

*Vor dem Saal. Brand, Feuer und Rauch. Er ist rings mit Amelungenschützen umstellt. Zu dem Saale führen von beiden Seiten breite Stiegen hinauf, die in einem Balkon zusammenstoßen.*

### ERSTE SZENE

*Hildebrant, Dietrich.*

Hildebrant.
Wie lange soll der Jammer denn noch dauern?
Dietrich. So lange, fürcht ich, bis der letzte fiel.
Hildebrant.
Sie werden Herr des Feuers. Seht nur, seht!
Schon schluckt der Rauch die lichte Flamme ein.
Dietrich. Dann löschen sie mit Blut.
Hildebrant. Sie waten drin
Bis an das Knie und können ihre Helme
Als Eimer brauchen.

### ZWEITE SZENE

*Die Tür des Saals wird aufgerissen, Hagen erscheint.*

Hagen. Puh!
*(Kehrt sich um.)* Wer lebt, der ruft!
Hildebrant. Der edle Hagen, dem Ersticken nah!
Er taumelt!
Dietrich. Etzel, du bist fürchterlich!
Das Schreckgesicht, das du gesehn am Himmel,
Das stellst du wohl auf Erden vor uns hin.

Hagen. Komm, Giselher, hier gibt es frische Luft!
Giselher *(von innen).* Ich finde nicht!
Hagen. So taste an der Mauer,
Und folge meiner Stimme.
*(Tritt halb in den Saal zurück.)* Falle nicht,
Da ist der Totenberg! *(Führt Giselher heraus.)*
Giselher. Ha! – Das erquickt!
Ich lag schon! Dieser Qualm! Noch eher Glut!

DRITTE SZENE

*Gunther, Dankwart und Gerenot erscheinen mit Rumolt in ihrer Mitte.*

Gunther. Da ist das Loch.
Dankwart. Schnell! Schnell!
Gerenot *(aufatmend).* Das ist was wert!
Gunther *(zu Rumolt, der zu fallen anfängt).*
Dem hilft's nicht mehr.
Hagen. Tot?
Dankwart. Küchenmeister, auf! –
Vorbei!
Giselher. Durst, Durst!
Hagen. Ei, geh doch in die Schenke
Zurück, an rotem Wein gebrichts ja nicht,
Noch sprudelt manches Faß.
Hildebrant. Versteht Ihr das?
*(Deutet auf den Totenwinkel.)*
Die ausgelaufnen Fässer liegen dort!
Dietrich. Gott helfe uns!
Hagen. Ein Glück nur, daß der Saal
Gewölbt ist. Ohne diesen Ziegelrand,
Der uns beschirmte vor dem Kupferregen,
Hätt' alles nichts geholfen.
Gunther. Brätst du nicht
In deinem Eisen?
Hagen. Stell dich an den Wind,
Jetzt können wir ihn brauchen.
Gunther. Weht's denn noch?

## VIERTE SZENE

Kriemhild *(aus einem Fenster).*
Nun, Waffenmeister?
Hildebrant. Schießt!
*(Die Schützen erheben ihre Bogen.)*
Hagen. Ich decke euch!
*(Er erhebt seinen Schild, dieser entfällt ihm und rollt die Treppe herunter.)*
Hinein! *(Ruft herab.)*
Beseht den Schild, bevor ihr lacht!
Er ward nur schwerer, doch mein Arm nicht schwächer,
Denn alle eure Speere stecken drin! *(Folgt den übrigen.)*

## FÜNFTE SZENE

Hildebrant.
Ich halt es nicht mehr aus. Wollt Ihr denn nicht
Ein Ende machen?
Dietrich. Ich? Wie könnt ich das?
Ich bin des Königs Mann und um so mehr
Verpflichtet, treu zu bleiben, als ich mich
Freiwillig und aus bloßem Herzensdrang
Ihm unterwarf!
Hildebrant. Vergeßt nicht!
Dietrich. Davon nichts.
Hildebrant. Die Zeit ist abgelaufen, die Ihr selbst
Euch setztet, im Gehorsam Euch zu üben,
Und Eure Zeugen leben!
Dietrich. Heute das?
Hildebrant. Heut oder nie! Die Helden können sterben,
Die Gott bis jetzt so wunderbar verschont.
Dietrich. Dann soll ich eben bleiben, was ich bin!
Das setzt ich mir zum Zeichen, wie du weißt,
Ob ich die Krone wieder tragen, oder
Bis an den Tod zu Lehen gehen soll,
Und ich, ich bin zu beidem gleich bereit.
Hildebrant. Nun, wenn Ihr selber schweigt, so rede ich!
Dietrich. Das tust du nicht! Auch bessertest du nichts!
*(Legt ihm die Hand auf die Schulter.)*
Mein Hildebrant, wenn eine Feuersbrunst
Im Haus entsteht, so kehrt der Knecht noch um,

Der seiner Pflicht gerade ledig ward,
Und hätt' er schon die Schwelle überschritten:
Er zieht die Feierkleider wieder aus
Und wirft sein Bündel hin, um mit zu löschen,
Und ich, ich zöge ab am jüngsten Tag?

Hildebrant. Sie werfen wieder Tote aus den Fenstern,
Herr, endigt jetzt! Der Teufel hat genug!

Dietrich. Wenn ich auch wollte, wie vermöcht ich's wohl?
Hier hat sich Schuld in Schuld zu fest verbissen,
Als daß man noch zu einem sagen könnte:
Tritt du zurück! Sie stehen gleich im Recht.
Wenn sich die Rache nicht von selbst erbricht
Und sich vom letzten Brocken schaudernd wendet,
So stopft ihr keiner mehr den grausen Schlund.

Hildebrant *(ist auf die Seite gegangen und kehrt zurück).*
Nun folgen unsre Edlen endlich auch
Den armen Knechten nach. Die meisten sind
Nur noch an ihrem Panzer zu erkennen,
Der tapfre Iring flog der Schar voran.
Herr, geht nicht hin, Ihr könnt ihn doch nicht küssen,
Sein Kopf ist ganz verkohlt.

Dietrich. Das treue Blut!

Hagen *(wird oben wieder sichtbar).*

Hildebrant. Hagen noch einmal.

SECHSTE SZENE

*Kriemhild tritt auf.*

Kriemhild. Schießt!

Hagen *(verschwindet wieder).*

Kriemhild. Wie viele leben
Denn noch?

Hildebrant *(deutet auf den Totenwinkel).*
Wie viele tot sind, siehst du hier!

Dietrich. Alle Burgunden, die ins Land gezogen,
Sind auch gefallen –

Kriemhild. Aber Hagen lebt!

Dietrich. An sieben tausend Heunen liegen dort –

Kriemhild. Und Hagen lebt!

Dietrich. Der stolze Iring fiel.

Kriemhild. Und Hagen lebt!
Dietrich. Der milde Thüring auch,
Irnfried und Blödel und die Völker mit.
Kriemhild.
Und Hagen lebt! Schließt Eure Rechnung ab,
Und wärt Ihr selbst darin die letzten Posten,
Die ganze Welt bezahlt mich nicht für ihn.
Hildebrant. Unhold!
Kriemhild. Was schiltst du mich? Doch schilt mich nur!
Du triffst, was du gewiß nicht treffen willst,
Denn, was ich bin, das wurde ich durch die,
Die Ihr der Strafe gern entziehen möchtet
Und wenn ich Blut vergieße, bis die Erde
Ertrinkt, und einen Berg von Leichen türme,
Bis man sie auf dem Mond begraben kann,
So häuf ich ihre Schuld, die meine nicht.
Oh, zeigt mir nur mein Bild! Ich schaudre nicht
Davor zurück, denn jeder Zug verklagt
Die Basilisken dort, nicht mich. Sie haben
Mir die Gedanken umgefärbt. Bin ich
Verräterisch und falsch? Sie lehrten mich,
Wie man den Helden in die Falle lockt.
Und bin ich für des Mitleids Stimme taub?
Sie waren's, als sogar der Stein zerschmolz.
Ich bin in allem nur ihr Widerschein,
Und wer den Teufel haßt, der spuckt den Spiegel
Nicht an, den er befleckt mit seiner Larve,
Er schlägt ihn selbst und jagt ihn aus der Welt.

## SIEBENTE SZENE

*Hagen erscheint wieder.*

Hagen. Ist König Etzel hier?
Kriemhild. Ich sprech für ihn.
Was wollt Ihr?
Hagen. Offnen Kampf in freier Luft.
Kriemhild.
Das weigr' ich Euch, und wär's nach mir gegangen,
So gäb's auch drinnen keinen Kampf, als den
Mit Hunger und Durst und Feuer!
Dietrich. Der König selbst!

## ACHTE SZENE

*Etzel tritt auf.*

Hagen. Herr Etzel, ist's geschehn mit Eurem Willen,
Daß man den Saal in Brand gesteckt, als wir
Die Wunden uns verbanden?
Etzel. Habt Ihr uns
Die Toten ausgeliefert? Habt Ihr mir
Nicht selbst mein Kind verweigert?
Dietrich. Das war schlimm!
Etzel. Wir pflegen unsre Toten zu verbrennen!
Wenn Euch das unbekannt gewesen ist,
So wißt Ihr's jetzt.
Hagen. Dann seid Ihr quitt mit uns!
Gewährt uns denn, was Ihr nicht weigern könnt,
Wenn Ihr den größten Schimpf nicht wagen wollt.
Kriemhild.
Der größte Schimpf ist, Euch das Ohr zu leihn.
Schießt! Schießt!
Hagen. Trägt sie die Krone?
Etzel. Was wollt Ihr mehr?
Ich legte Euer Los in Schwesterhand.
Kriemhild. Die Toten hielten sie als Pfand zurück,
Um auch die Lebenden hineinzulocken,
Die nicht aus Torheit kamen.
Etzel. Stamm um Stamm!
Sie haben meinen ausgelöscht, sie sollen
Auch selbst nicht fortbestehn.
Kriemhild. Was gibt's denn hier?
Der alte Rüdeger in Wut?

## NEUNTE SZENE

*Rüdeger jagt einen Heunen über die Bühne und schlägt ihn mit der Faust zu Boden.*

Rüdeger. Da liege
Und spei noch einmal Gift.
Etzel. Herr Rüdeger,
Ihr helft dem Feind? Wir haben der Erschlagnen
Auch ohne Euch genug.

Kriemhild. Was hat der Mann
Getan?
Rüdeger *(zu Etzel).* Bin ich dein bloßer Zungenfreund?
Schnapp ich nach Gaben, wie der Hund nach Fleisch?
Trag ich den Sack, der keinen Boden hat,
Und obendrein ein festgeleimtes Schwert?
Etzel. Wer sagt denn das?
Rüdeger. Wenn man's nicht sagen darf,
So schilt mich nicht, daß ich den Buben strafte:
Der warf mir das soeben ins Gesicht,
Als ich mit Tränen all des Jammers dachte,
Den diese Sonnenwende uns beschert,
Und brüllend stimmte ihm sein Haufe bei.
Kriemhild. So stand ein ganzer Haufe hinter ihm?
Herr Rüdeger, die Strafe war zu hart,
Denn viele, wenn nicht alle, denken so,
Und eine beßre Antwort wär's gewesen,
Wenn Ihr sogleich das Schwert gezogen hättet,
Um auf die Nibelungen einzuhaun.
Rüdeger. Ich? Hab ich sie nicht selbst ins Land gebracht?
Etzel. Drum eben ist's an dir, sie fortzuschaffen.
Rüdeger. Nein, König, das begehrst du nicht von mir!
Du hast mir kaum gestattet, dir die Dienste
Zu leisten, die ich dir entgegentrug,
Und solltest fordern, was ich weigern müßte,
Und hinge Haut und Haar und alles dran?
Ich kann und will sie nicht verteidigen,
Doch hab ich sie auf Treue hergeführt,
Und darf ich sie nicht schützen gegen dich,
So leih ich dir doch auch nicht meinen Arm.
Kriemhild. Du tust, als wärst du noch ein freier Mann
Und könntest dich entscheiden, wie du willst!
Rüdeger.
Kann ich's denn nicht? Was hindert mich, wenn ich
Die Lehen niederlege?
Kriemhild. Was? – Dein Eid!
Du bist bis an den letzten Odemzug
Mein Knecht, und darfst mir keinen Dienst verweigern,
Wohlan denn, dieser ist es, den ich will.
Rüdeger. Ich kann nicht sagen, daß du lügst, und doch
Ist's nicht viel besser, denn ein andres Weib

Hat meinen Eid gefordert und erhalten,
Ein andres aber legt ihn heute aus.
E t z e l. Du sprichst von Treue, Rüdeger. Ich darf
Dich wohl zum Zeugen nehmen, daß ich sie
Heilig zu halten weiß. Doch, gilt das hier?
Sie stehen jenseits der Natur und brauchen
Als Waffe, was im Abgrund still versank,
Eh sich der Bau der Welt zusammenschloß.
Sie werfen uns den Kot der Elemente,
Der, ausgeschieden, unten sitzen blieb,
Als sich die Kugel rundete, hinein.
Sie reißen alle Nägel aus und sägen
Die Balken durch. Da mußt auch du den Damm
Wohl überspringen, wenn du helfen willst.
K r i e m h i l d. So ist's. Der gift'ge Degen ist die Schande
Des ersten, doch der zweite schwingt ihn frei!
R ü d e g e r. Es mag so sein, es ist gewiß auch so,
Ich will mit Euch nicht streiten. Doch bedenkt:
Ich habe sie mit Wein und Brot begrüßt,
Als sie die Donaugrenze überschritten,
Und sie geleitet bis zu Eurer Schwelle,
Kann ich das Schwert wohl gegen sie erheben,
Nun sie in ihren größten Nöten sind?
Wenn alle Arme, die man zählt auf Erden,
Im allgemeinen Aufstand der Natur
Sich gegen sie bewaffneten, wenn Messer
Und Sensen blitzten und die Steine flögen,
So fühlte ich mich immer noch gebunden,
Und höchstens stände mir ein Spaten an.
E t z e l. Ich hab dich auch geschont, so lang ich konnte,
Und ruf dich ganz zuletzt.
R ü d e g e r. Barmherzigkeit!
Was soll ich sagen, wenn mein Eidam mir,
Der junge Giselher, entgegentritt
Und mir die Hand zum Gruße beut? Und wenn
Mein Alter seine Jugend überwindet,
Wie tret ich wohl vor meine Tochter hin? – *(Zu Kriemhild.)*
Dich treibt der Schmerz um den Verlorenen,
Willst du ihn auf ein Kind, das liebt, wie du,
Und nichts verbrach, vererben und es töten?
Das tust du, wenn du mich zum Rächer wählst,

Denn, wie das blut'ge Los auch fallen mag,
Ihr wird der Sieger immer mit begraben,
Und keiner von uns beiden darf zurück.
K r i e m h i l d. Das alles hättest du erwägen sollen,
Bevor der Bund geschlossen ward. Du wußtest,
Was du geschworen!
R ü d e g e r. Nein, ich wußt es nicht,
Und, beim allmächt'gen Gott, du hast es selbst
Noch weniger gewußt. Das ganze Land
War deines Preises voll. In deinem Auge
Sah ich die erste Träne und zugleich
Die letzte auch, denn alle andern hattest
Du abgewischt mit deiner milden Hand.
Wohin ich trat, da segnete man dich,
Kein Kind ging schlafen, ohne dein zu denken,
Kein Becher ward geleert, du hattest ihn
Gefüllt, kein Brot gebrochen und verteilt,
Es kam aus deinem Korb: wie konnt ich glauben,
Daß diese Stunde folgte! Eher hätt' ich
Bedächtig vor dem Eid den eignen Hals
Mir ausbedungen, als die Sicherheit
Der Kön'ge, deiner Brüder. Wär's dir selbst
Wohl in den Sinn gekommen, wenn du sie
Im Kreis um deine alte graue Mutter
Versammelt sahst, um in den Dom zu gehn,
Daß du dereinst ihr Leben fordern würdest?
Wie sollte *ich's* denn ahnen und den ersten
Und edelsten der Jünglinge verschmähn,
Als er um meine Tochter warb!
K r i e m h i l d. Ich will
Ihr Leben auch noch heute nicht! Die Tür
Steht offen für sie alle, bis auf einen:
Wenn sie die Waffen drinnen lassen wollen
Und draußen Frieden schwören, sind sie frei.
Geh hin und rufe sie zum letzten Mal.

## ZEHNTE SZENE

*Giselher erscheint oben.*

G i s e l h e r. Bist du es, Schwester? Habe doch Erbarmen
Mit meinem jungen Leib.

Kriemhild. Komm nur herab!
Wer jetzt beim Mahle sitzt, und wär er noch
So hungrig, soll dir weichen, und ich selbst
Kredenze dir des Kellers kühlsten Trunk!
Giselher. Ich kann ja nicht allein.
Kriemhild. So bringe mit,
Was Ute wiegte, daß sie nicht mit Schmerz
Begraben muß, was sie mit Lust gebar.
Giselher. Wir sind noch mehr.
Kriemhild. Du wagst, mich dran zu mahnen?
Nun ist die Gnadenzeit vorbei, und wer
Noch Schonung will, der schlage erst das Haupt
Des Tronjers ab und zeig's!
Giselher. Mich reut mein Wort!
*(Verschwindet wieder.)*

## EILFTE SZENE

Rüdeger. Du siehst!
Kriemhild. Das eben ist's, was mich empört!
Heut sind sie untreu, morgen wieder treu:
Das Blut des Edelsten vergießen sie,
Wie schmutz'ges Wasser, und den Höllengischt,
Der in den Adern dieses Teufels kocht,
Bewachen sie bis auf den letzten Tropfen,
Als wär er aus dem heil'gen Gral geschöpft.
Das konnt ich auch nicht ahnen, als ich sie
So miteinander hadern sah. Mein Grab
Im Kloster war nicht still genug, daß ich
Den ew'gen Zank nicht hörte: konnt ich denken,
Daß sie, die sich das Brot vergifteten,
Sich hier so dicht zusammenknäueln würden,
Als hingen sie an einer Nabelschnur?
Gleichviel! Der grimm'ge Mörder sprach am Sarg
In bittrem Hohn zu mir: Dein Siegfried war
Vom Drachen nicht zu trennen, und man schlägt
Die Drachen tot. Das wiederhol ich jetzt!
Ich schlag den Drachen tot und jeden mit,
Der sich zu ihm gesellt und ihn beschirmt.
Etzel. Ihr habt den Kampf verlangt, als ich gebot,
Sie mit den stillen Schrecken einzuschließen,

Die nach und nach aus allen Wänden kriechen
Und wachsen, wie der Tag – Ihr habt den Hunger
Beneidet um sein Totengräberamt,
Als ich's ihm übertrug, und statt zu lachen,
Wie die Verlornen Euch aus List verhöhnten,
Um Euch hineinzulocken, Eure Wappen
Emporgehalten, und durch's erste Murren
Ein Ja von mir ertrotzt. Nun fechtet's aus!
Ich werd's auch an mir selbst nicht fehlen lassen,
Wenn mich die Reihe trifft, denn Wort ist Wort.

Rüdeger.
So schwer, wie ich, ward noch kein Mensch geprüft,
Denn was ich tun und was ich lassen mag,
So tu ich bös und werde drob gescholten,
Und laß ich alles, schilt mich jedermann.
*(Aus dem Saal heraus Becherklang.)*

Kriemhild. Was ist denn das? Es tönt wie Becherklang!

Hildebrant *(steigt hinauf).*

Kriemhild. Mich dünkt, sie höhnen uns! Das ist die Art
Der Fröhlichen. Sie scheppern mit den Helmen
Und stoßen an.

Hildebrant. Nur einen Blick hinein,
So bist du stumm! Sie sitzen auf den Toten
Und trinken Blut.

Kriemhild. Sie trinken aber doch!

Hildebrant.
Rührt dich denn nichts? Noch niemals standen Männer
Zusammen, wie die Nibelungen hier,
Und was sie auch verbrochen haben mögen,
Sie haben's gut gemacht durch diesen Mut
Und diese Treue, die sie doppelt ehrt,
Wenn's ist, wie du gesagt!

Rüdeger. Mein Herr und König,
Du hast mich so mit Gaben überschüttet
Und mir den Dank dafür so ganz erlassen,
Daß dir kein Knecht verpflichtet ist, wie ich.
Kriemhild, ich habe dir den Eid geschworen
Und muß ihn halten, das erklär ich laut
Für meine Pflicht und mäkle nicht daran.
Wenn Ihr mich dennoch niederknien seht,
So denkt des Hirsches, der in höchster Not

Sich auch noch gegen seinen Jäger wendet,
Und ihm die einz'ge blut'ge Träne zeigt,
Die er auf dieser Erde weinen darf,
Ob er vielleicht Erbarmen in ihm weckt.
Ich flehe nicht um Gold und Goldeswert,
Nicht um mein Leben oder meinen Leib,
Nicht einmal um mein Weib und um mein Kind.
Das alles fahre hin, ich fleh zu Euch
Um meine Seele, die verloren ist,
Wenn Ihr mich nicht von diesem Eide löst. *(Zu Etzel.)*
Ich biete nicht, was dir von selbst verfällt,
Wenn des Vasallen Zunge auch nur stockt,
Und wenn sein Auge nicht vor Freuden funkelt,
Sobald du winkst: mein Land ist wieder dein!
*(Zu Kriemhild.)*
Ich sage nicht: wenn du mein Leben willst,
So nimm es hin, und wenn du meinen Leib
Verlangst, so spann mich morgen vor den Pflug!
*(Zu beiden.)*
Ich biete mehr, obgleich dies alles scheint,
Was einer bieten kann: wenn Ihr es mir
Erlaßt, den Arm in diesem Kampf zu brauchen,
Soll er mir sein, als hätt' ich ihn nicht mehr.
Wenn man mich schlägt, so will ich mich nicht wehren,
Wenn man mein Weib beschimpft, sie nicht beschützen
Und, wie ein Greis, den die gewalt'ge Zeit
Von seinem Schwerte schied, in voller Kraft
An einem Bettelstab die Welt durchziehn.

Kriemhild. Du tust mir leid, allein du mußt hinein!
Glaubst du, daß ich die Seele rettete,
Als ich nach einem Kampf, dem keiner gleicht,
Mit Etzel in das zweite Ehbett stieg?
O sei gewiß, der kurze Augenblick,
Wo ich den Frauengürtel lösen sollte
Und fest und immer fester um mich knüpfte,
Bis er ihn zornig mit dem Dolch zerschnitt,
Der Augenblick enthielt der Martern mehr,
Als dieser Saal mit allen seinen Schrecken,
Mit Glut und Brand, mit Hunger, Durst und Tod.
Und wenn ich endlich überwand im Kampf
Und, statt den Dolch zu rauben und zu töten,

Gleichviel, ob mich, ob ihn, sein Bett beschritt,
So war's dein Eid, der mir die Kraft verlieh,
So war es dieser Tag, auf den ich hoffte,
Und diese Stunde, die ihn krönen muß.
Nun sollt es enden, wie ein Possenspiel,
Ich hätt' mich selbst als Opfer dargebracht
Und sollte doch verzichten auf den Preis?
Nein, nein, und müßte ich der ganzen Welt
Zur Ader lassen, bis zur jüngsten Taube
Herunter, die das Nest noch nicht verließ,
Ich schauderte auch davor nicht zurück.
Drum, Markgraf Rüdeger, besinnt Euch nicht,
Ihr müßt, wie ich, und wenn Ihr fluchen wollt,
So flucht auf die, sie zwingen Euch, wie mich.

Rüdeger *(zu den Seinen).*
So kommt!

Kriemhild. Erst noch die Hand.

Rüdeger. Beim Wiedersehn.

Hildebrant.
Herr Dieterich von Bern, jetzt mahn ich Euch:
Werft Euren schnöden Wächterspieß beiseite
Und schreitet ein, wie's einem König ziemt.
Zurück noch, Rüdeger, er darf's und kann's,
Er trat auf sieben Jahr in Etzels Dienst,
Und die sind um, es galt nur ein Gelübde,
Und wer's nicht glaubt, dem stell ich Zeugen auf.

Etzel. Dein Wort genügt.

Dietrich *(der die Schwurfinger in die Höhe hob, während Hildebrant sprach).*
So war's, mein Herr und König,
Doch weiß mein alter Waffenmeister nicht,
Daß ich's im stillen neu beschworen habe,
Indem er sprach, und diesmal bis zum Tod.

Hildebrant *(tritt Rüdeger aus dem Weg).*
So zieht! Doch reicht mir noch zum letzten Mal
Die Hand, denn niemals wird es mehr geschehn,
Ob Ihr nun siegen oder fallen mögt.

Rüdeger. Herr Etzel, Euch befehl ich Weib und Kind
Und auch die armen Landsvertriebenen,
Denn was Ihr selbst an mir getan im Großen,
Das hab ich Euch im Kleinen nachgemacht.

ZWÖLFTE SZENE

*Hagen und die Nibelungen schauen aus, wie Rüdeger mit den Seinigen emporsteigt.*

Giselher. Es gibt noch Frieden. Seht Ihr? Rüdeger!
Hagen. Es gilt den letzten und den schwersten Kampf,
Jetzt soll sich würgen, was sich liebt.
Giselher. Du meinst?
Hagen. Trat die Versöhnung je in Eisen auf?
Braucht man den Panzer, um sich zu umarmen,
Treibt man die Küsse mit den Schwertern ein,
Und nimmt man all sein Volk als Zeugen mit?
Giselher. Wir tauschten alle in Bechlarn die Waffen,
Ich trag die seinen, er die meinigen,
Und das geschieht in aller Welt doch nur,
Wenn man sich niemals wieder schlagen will.
Hagen.
Hier gilt das nicht. Nein, reicht euch nur die Hände
Und sagt euch gute Nacht. Wir sind am Ziel.
Giselher *(tritt Rüdeger entgegen)*.
Willkommen!
Rüdeger. Ich bin taub! – Musik! Musik!
*(Rauschende Musik.)*
Hagen. Hätt' ich nur einen Schild!
Rüdeger. Dir fehlt der Schild?
An einem Schilde soll's dir nimmer fehlen,
Hier ist der meinige.
*(Reicht Hagen seinen Schild, während Hildebrant ihm den seinigen wiedergibt.)*
Musik! Musik!
Schlagt an die Panzer, rasselt mit den Speeren,
Ich habe jetzt das letzte Wort gehört!
*(Tritt mit den Seinigen in den Saal. Kampf.)*

DREIZEHNTE SZENE

Etzel. Bringt mir den Helm!
Hildebrant *(in den Saal schauend, ballt die Hand gegen Kriemhild)*. Du, Du!
Kriemhild. Wer ist gefallen?
Hildebrant. Dein Bruder Gerenot.
Kriemhild. Er hat's gewollt.

Hildebrant. Was ist das für ein Licht, das mich so blendet?
Ich seh nicht mehr! – Der Balmung! – Hagen schreitet
In einem Meer von Funken, wo er haut;
In Regenbogenfarben tanzen sie
Um ihn herum und beißen in die Augen,
Daß man sie schließen muß. Das ist ein Schwert!
Es schlägt die tiefsten Wunden, und es macht
Sie unsichtbar durch seinen Blitz. Jetzt hält
Der Schnitter ein! Wie steht's? Der hat gemäht!
Nur wenig Halme heben noch ihr Haupt.
Auch Giselher –
Kriemhild. Was ist mit Giselher?
Hildebrant. Er liegt.
Kriemhild. Er liegt? Nun wohl, so ist es aus.
Hildebrant. Der Tod hat wieder Odem, und es bricht
Von neuem los. Wie wütet Rüdeger!
Der löst den Eid so treu, als tät er's gern,
Doch ist er jetzt schon ganz allein!
Kriemhild. So hilf!
Hildebrant. Man schlägt die Nibelungen ohne mich! –
Dankwart, du lehnst dich müßig in die Ecke,
Statt deine Pflicht zu tun? Siehst du's denn nicht,
Daß Volker stürzt? – Ach, er hat guten Grund,
Die Mauer hält ihn aufrecht, nicht der Fuß,
Der ihn durch tausend schwere Kämpfe trug! –
O Gott!
Kriemhild. Was gibt's?
Hildebrant. Sie liegen Brust an Brust!
Kriemhild. Wer?
Hildebrant. Rüdeger und der Tronjer!
Kriemhild. Schmach und Tod!
Hildebrant. Spar dir den Fluch! Sie waren beide blind
Vom angespritzten Blut und tasteten
Herum, um nicht zu fallen.
Kriemhild. Da verzeih ich's.
Hildebrant. Jetzt wischen sie die Augen, schütteln sich,
Wie Taucher, küssen sich und – Willst du mehr,
So steige selbst herauf und schau hinein.
Kriemhild.
Was könnt es nun noch geben, das mich schreckte?
*(Steigt empor.)*

Hagen *(ihr entgegen, als sie die Treppe halb erstiegen hat).*
Der Markgraf Rüdeger bittet um sein Grab!
Etzel *(greift nach dem Helm, den ihm ein Diener reicht).*
Nun ist's an mir, und keiner hält mich mehr.
Dietrich. Es ist an mir, der König kommt zuletzt.
*(Geht in den Saal.)*
Hildebrant.
Dem Herrn sei Preis und Dank! Die Kraft der Erde
Ward in zwei Hälften unter uns verteilt,
Die eine kam auf all die Millionen,
Die andre kam auf Dietrich ganz allein.

VIERZEHNTE SZENE

Dietrich *(bringt Hagen und Gunther gefesselt).*
Da sind sie!
Hagen *(deutet auf seine Wunden).*
Alle Hähne stehn schon auf,
Man braucht nicht erst zu drehn.
Gunther. Ich möchte mich
Ein wenig setzen. Gibt's hier keinen Stuhl?
Hagen *(wirft sich auf Hände und Füße nieder).*
Hier, edler König, hier, und einer, der
Dir selbst sogar gehört.
Dietrich. Begnadigt sie
So weit, daß Ihr's dem Tode überlaßt,
Ob er ein Wunder dulden will.
Etzel. Sie sollen
Bis morgen sicher sein! Dann steht's bei ihr!
Führt sie ins Haus.
*(Hagen und Gunther werden abgeführt.)*
Kriemhild. Herr Hagen Tronje, hört!
Hagen *(kehrt um).*
Was wollt Ihr, Frau?
Kriemhild Sogleich! – Ist König Etzel
Der einz'ge Heunenrecke, der noch lebt?
*(Deutet auf den Totenwinkel.)*
Mir deucht, dort rührt sich was!
Etzel. Jawohl! Ein zweiter
Kriecht mühsam aus dem Totenberg hervor,
Er braucht sein Schwert als Krücke.

K r i e m h i l d. Tritt heran,
Verstümmelter, wenn die gebrochnen Glieder
Dich tragen wollen, daß ich dich bezahle,
Denn ich bin deine Schuldnerin!
E i n H e u n e *(tritt heran).*
K r i e m h i l d. Herr Hagen,
Wo ist der Hort? Ich frag das nicht für mich,
Ich frag's für diesen Mann, dem er gehört.
H a g e n. Als ich den Hort versenkte, mußt ich schwören,
Ihn keiner Menschenseele zu verraten,
Solange einer meiner Kön'ge lebt.
K r i e m h i l d *(heimlich zu dem Heunen).*
Kannst du das Schwert noch brauchen? Nun, so geh
Und haue den gefangnen König nieder
Und bringe mir sein Haupt.
H e u n e *(nickt und geht).*
K r i e m h i l d. Der Schuldigste
Von Utes Söhnen soll nicht übrigbleiben,
Das wär' ein Hohn auf dieses Weltgericht!
H e u n e *(kommt mit Gunthers Haupt zurück).*
K r i e m h i l d *(deutet darauf).*
Kennst du dies Haupt? Nun sprich, wo ist der Hort?
H a g e n. Da ist das Ende! Wie ich's mir gedacht!
*(Klatscht in die Hände.)*
Unhold, ich hab dich wieder überlistet,
Nun ist der Ort nur Gott und mir bekannt,
Und einer von uns beiden sagt's dir nicht.
K r i e m h i l d. Dann, Balmung, leiste deinen letzten Dienst!
*(Reißt ihm den Balmung von der Seite und erschlägt ihn, ohne daß er sich wehrt.)*
H i l d e b r a n t.
Kommt hier der Teufel doch noch vor dem Tod?
Zurück zur Hölle! *(Er erschlägt Kriemhild.)*
D i e t r i c h. Hildebrant!
H i l d e b r a n t. Ich bin's.
E t z e l. Nun sollt ich richten – rächen – neue Bäche
Ins Blutmeer leiten – Doch es widert mich,
Ich kann's nicht mehr – mir wird die Last zu schwer –
Herr Dietrich, nehmt mir meine Kronen ab
Und schleppt die Welt auf Eurem Rücken weiter –
D i e t r i c h. Im Namen dessen, der am Kreuz erblich!

## ZU HEBBELS »NIBELUNGEN«

Im Herbst 1855 begann Friedrich Hebbel (1813-63) sich intensiv mit dem Nibelungenstoff zu befassen, der ihn schon lange angezogen hatte. Teile des Nibelungenliedes hatte er 1835 gelesen und war später durch Theateraufführungen und Gespräche mit Freunden immer wieder auf diesen Stoff hingelenkt worden. Er kannte eine Reihe früherer Versuche, die Nibelungensage dramatisch zu gestalten, so Ernst Raupachs Werk »Der Nibelungenhort« (aufgeführt 1828, erschienen 1834), de la Motte-Fouqués Drama »Der Held des Nordens« (erschienen 1808) und Geibels »Brunhild« (erschienen 1857). Mit diesen Vorgängern hatte er sich kritisch auseinandergesetzt, das alte Epos benutzte er in der Übersetzung von Ludwig Braunfels (1846).

Durch Theodor Vischer, der in seinen »Kritischen Gängen« (1844) die Ansicht vertreten hatte, das Nibelungenlied eigne sich nicht für die dramatische Behandlung, sondern allein zum Stoff einer großen Oper, ließ sich Hebbel lange Zeit von dem Versuch der Dramatisierung abhalten. Die Schwierigkeiten, die sich dem Dichter dann entgegenstellten, ließen ihm die Vischersche Behauptung zeitweise nur noch mehr gerechtfertigt erscheinen. Das Werk wuchs sehr langsam. Erst nach mannigfacher Änderung des ursprünglichen Planes wurde es am 22. März 1860 vollendet.

Unter der Leitung von Franz Dingelstedt gingen in Weimar die beiden ersten Teile am 31. Januar 1861 in Szene; die Gesamttrilogie wurde dort in Anwesenheit des Dichters am 16. und 18. Mai 1861 uraufgeführt. Der Erfolg war glänzend. Auch in Berlin (1862) und Wien (1863) wurde das Werk gut aufgenommen. Im Druck erschien es 1862 bei Hoffmann & Campe in Hamburg. 1863, kurz vor seinem Tode, erhielt Hebbel dafür den 1859 gestifteten Schillerpreis.

Die Entstehungsgeschichte wird noch einmal gespiegelt in dem Widmungsgedicht Hebbels an seine Frau Christine, die 1853 in einer Aufführung von Raupachs »Nibelungenhort« die Rolle der Kriemhild gespielt hatte. Aus dem Nachlaß überliefert ist eine Vorrede Hebbels, die er nicht in die Buchausgabe aufgenommen hat. Sie lautet:

An die geneigten Leser

Der Zweck dieses Trauerspiels war, den dramatischen Schatz des Nibelungen-Liedes für die reale Bühne flüssig zu machen, nicht aber den poetisch-mythischen Gehalt des weitgesteckten altnordischen Sagenkreises, dem es selbst angehört, zu ergründen, oder gar, wie es schon zum voraus auf eine jugendliche, vor bald zwei Dezennien publizierte und überdies noch arg gemißdeutete Vorrede hin in einer Literaturgeschichte prophezeit wurde, irgendein modernes Lebensproblem zu illustrieren. Die Grenze war leicht zu treffen und kaum zu verfehlen, denn der gewaltige Schöpfer unseres Nationalepos, in der Konzeption Dramatiker vom Wirbel bis zum Zeh, hat sie selbst haarscharf gezogen und sich wohl gehütet, in die Nebelregion hinüberzuschweifen, wo seine Gestalten in Allegorien umgeschlagen und Zaubermittel an die Stelle allgemein gültiger Motive getreten wären. Ihm mit schuldiger Ehrfurcht für seine Intentionen auf Schritt und Tritt zu folgen, soweit es die Verschiedenheit der epischen und dramatischen Form irgend gestattete, schien dem Verfasser Pflicht und Ruhm zugleich, und nur bei den klaffenden Verzahnungen, auf die der Geschichtschreiber unserer Nationalliteratur bereits mit feinem Sinn und scharfer Betonung hinwies, ist er notgedrungen auf die älteren Quellen und die historischen Ergänzungen zurückgegangen.

Es ist nämlich gar nicht genug zu bewundern, mit welcher künstlerischen Weisheit der große Dichter den mystischen Hintergrund seines Gedichts von der Menschenwelt, die doch bei oberflächlicher Betrachtung ganz darin verstrickt scheint, abzuschneiden gewußt, und wie er dem menschlichen Handeln trotz des bunten Gewimmels von verlockenden Riesen und Zwergen, Nornen und Valkyrien seine volle Freiheit zu wahren verstanden hat. Er bedarf, um nur die beiden Hauptpunkte hervorzuheben, auf der einen Seite zur Schürzung des Knotens keiner doppelten Vermählung seines Helden und keines geheimnisvollen Trunks, durch den sie herbeigeführt wird; ihm genügt als Spiralfeder Brunhilds unerwiderte Liebe, die ebenso rasch unterdrückt, als entbrannt, und nur dem tiefsten Herzenskenner durch den voreiligen Gruß verraten, erst der glücklichen Nebenbuhlerin gegenüber wieder als Neid in schwarzen Flammen auflodert und ihren Gegenstand auf alle Gefahr hin nun lieber dem Tode weiht, als ihn dieser überläßt. Er überschreitet aber auch, obgleich ihm dies oft und nicht ohne anscheinenden Grund vorgeworfen wurde, auf der andern Seite bei der Lösung des Knotens ebensowenig die Linie, wo das Menschliche aufhört, und das tragische Interesse erlischt, ja er wagt sich noch lange nicht so weit, wie Äschylos in seiner Klytämnestra, die, von neuen Begierden aufgeregt, weit mehr oder doch wenigstens ebensosehr durch ihren heimtückischen Mord den Besitz des errungenen zweiten Gatten verteidigt, als die Manen der hingeschlachteten Tochter sühnt. Denn, wie Kriemhilds Tat uns auch anschauern mag: er führt sie langsam, Stufe nach Stufe, empor, keine einzige überspringend und auf einer jeden ihr Herz mit dem unendlichen, immer steigenden Jammer entblößend, bis sie auf dem schwindligen Gipfel anlangt, wo sie so vielen mit bittrem Schmerz gebrachten und nicht mehr zurückzunehmenden Opfern das letzte, ungeheuerste noch hinzufügen oder zum Hohn ihrer dämonischen Feinde auf den ganzen Preis ihres Lebens Verzicht leisten muß, und er söhnt uns dadurch vollkommen mit ihr aus, daß ihr eigenes inneres Leid selbst während des entsetzlichen Racheakts noch viel größer ist, als das äußere, was sie den anderen zufügt.

Alle Momente des Trauerspiels sind also durch das Epos selbst gegeben, wenn auch oft, wie das bei der wechselvollen Geschichte des alten Gedichts nicht anders sein konnte, in verworrener und zerstreuter Gestalt oder in sprödester Kürze. Die Aufgabe bestand nun darin, sie zur dramatischen Kette zu gliedern und poetisch zu beleben, wo es nötig war. Auf diese hat der Verfasser volle sieben Jahre Arbeit verwandt, und die in Weimar stattgefundene Darstellung bewies, daß er seinen Zweck nicht verfehlt hat, denn *Franz Dingelstedts* geniale Leitung erreichte mit Kräften, die zum größeren Teil doch nur für bescheidene gelten können, einen Erfolg, der das Schicksal des Stücks auf allen Bühnen sicherstellt, wo man ihm mit gutem Willen entgegenkommt, da das moderne Virtuosentum mit seinen verblüffenden Taschenspielereien nicht den geringsten Anteil daran hatte. Weitere Aufführungen in Berlin und Schwerin stehen bevor. Der geneigte Leser aber wird gebeten, auch in dem Trauerspiel hinter der »Nibelungen Not« nichts zu suchen, als eben »der Nibelungen Not« selbst, und diese Bitte freundlichst mit den Umständen zu entschuldigen. *R.*